書下ろし長編時代小説

ひらり圭次郎 腕貸し稼業
隠し目付

◆

氷月　葵

N
W E
S

コスミック・時代文庫

この作品はコスミック文庫のために書下ろされました。

目次

第一章 厄《やっ》介《かい》

一

朝の縁側を、平石圭次郎《ひらいしけいじろう》は玄関へと向かっていた。足音は立てぬように、静かに歩く。が、その足を止めた。

屋敷の奥から、いく人かの足音がやって来る。

圭次郎は慌てて玄関横の部屋に入ると息をひそめ、耳をそばだてた。

先頭を進んで来るのは父征四郎《せいしろう》の足音だ。出仕《しゅっし》する父を母らが見送るのが、慣例だ。

「父上」長男の征一郎《せいいちろう》の声だ。

「今日は途中までお供いたします。道場で師範代《しはんだい》の務めがありますので」

「ほう、そうか。師範代をまかせられるとは、そなたの修練の賜《たまもの》だな」

「いえ、番方《ばんかた》の跡継ぎとして、当然のことです」

父の征四郎は、将軍の警護を務める徒組《かちぐみ》の徒頭《かちがしら》だ。勘定役《かんじょうやく》などの文官は役方《やくかた》と呼ばれるのに対して、警護などの武官は番方と呼ばれている。

「父上、わたしも途中までご一緒します」次男の求馬《きゅうま》の声が続く。

「富樫《とがし》家に客があるそうなので、手伝いをと言われまして」

富樫家は求馬が婿養子《むこようし》に入ることが決まっている家だ。同じ旗本で、家格もほぼ変わらない。

障子に顔を寄せていた圭次郎は、おや、と目を動かした。前の縁側を小さな足音が二つ、通り過ぎて行く。聞き慣れた音の先頭は伯母《おば》の紫乃《しの》、あとに続くのが妹の紗江《さえ》だ。

上がり框《がまち》では、すでに母の雪乃《ゆきの》が三つ指をついているはずだ。その横に、紫乃と紗江も並んだのが察せられた。

父と息子の三人が土間に下り、草履《ぞうり》を履《は》く音が伝わってくる。と、

「厄介はどうした」

父の声がした。母に振り向いたらしいことが察せられる。圭次郎は思わず肩をすくめた。

武家の息子は長男以外、仕事に就《つ》くことが難しい。他家に養子に入る、という幸運は少なく、多くは部屋住《へやず》みとして無為に日々を過ごす。ために部屋住みの息子らは「厄介」とも呼ばれているのだ。

「圭次郎はすでに出かけたようです」

母の声は穏《おだ》やかだ。まだ圭次郎がいることは察しているはずだが、穏便《おんびん》にすますための方便に違いない。

母の返答に、「ふん」と父の声が低くなる。

「十八にもなって毎日毎日、ふらついているとは真《まこと》の厄介、困ったやつだ」

「まあ」紫乃の声が上がる。

「厄介とはなんです。たとえ世の人が言っても、親が言うことではありませんよ。親は子を慈《いつく》しむべし、と教えられたでしょう」

「はあ、まあ……」

父の声が、姉の紫乃に対しては小さくなる。

「しかし」征一郎の声だ。

「求馬のように日々を律して過ごせば養子の口も来ましょうが、圭次郎はぶらぶらと出歩いてそれもしない。厄介と呼ばれるのも致し方なし、と言えましょう」

「あら」妹の紗江が声を洩らす。

「圭次郎兄上もいろいろと修練はされています。書は達者ですし、絵もお上手《じょうず》、剣術の腕前もなかなかなのでしょう、それに、手先も器用ですよ、わたくしの文箱《ふばこ》を直してくださいましたし」

「どれも半端《はんぱ》だ」つぶやくように求馬が言う。

「さ、父上、参りましょう、御登城が遅れては大変です」

登城という言葉に、父は「うむ」と重い声を放った。

ときに嘉永《かえい》二年（一八四九）。江戸城の主《あるじ》である将軍は、十二代将軍家慶《いえよし》だ。

「では、行って参る」

土間を踏む音と同時に、

「行ってらっしゃいませ」

母の声が響いた。

三人が出て行くと、母らが立つ衣《きぬ》ずれの音が鳴った。

女達の足音が遠ざかったのを確かめて、圭次郎はそっと部屋から出た。

土間の草履を履くと、圭次郎は音を立てぬように玄関の戸を開けた。素早く門へと走り、脇戸をくぐる。

　五月の風を受けながら、圭次郎は外の道を歩き出した。

　駿河台《するがだい》の屋敷を出た圭次郎は、神田川《かんだがわ》を渡って、神田明神《かんだみようじん》の鳥居《とりい》をくぐった。境内《けいだい》を進むと、大きな木の下に近寄って行く。二人の人影が、気づいて手を上げた。

「おう、来たか」

　金井東吾《かないとうご》が木の下を離れると、隣の池野七之助《いけのしちのすけ》もそれに続いた。

　参道を戻る圭次郎に二人も並び、高台から見える町へと目を向ける。

「両国《りようごく》にでも行くか」

　圭次郎の言葉に、東吾が頷《うなず》いた。

「おう、そうだな、あそこならなんでもある」

「矢場《やば》でも行くか」

　なだらかな坂道を、三人は言葉を交わし合いながら下る。幼なじみの三人は、ともに旗本の部屋住みだ。

　坂を下りて神田の町を抜けると、やがて、にぎわいが風に乗って伝わってきた。

　両国橋西の橋詰めは広小路《ひろこうじ》になっており、多くの店が並び、芸人なども集まっている。人が通るだけでなく、多くの人が楽しみのために集まる場所だ。

「あら、お三人様、おそろいで」声をかけてきたのは水茶屋《みずぢゃや》の娘だ。

「寄って行ってくださいましな」

「おう、あとで寄る」

圭次郎が笑顔を向ける。

が、その背中に茶屋の女将《おかみ》の抑えた声が聞こえてきた。

「これ、厄介になんぞに声をかけるんじゃないよ。金がなくて団子《だんご》も頼まない客だ、そんなのに居座られたら、商売あがったりなんだよ」

はい、とつぶやくような娘の声がする。

圭次郎は聞こえないふりをして、歩く。

「あぁあ」隣の東吾が声を洩らした。

「厄介、厄介と内でも外でも……」

聞こえていたらしい。

「まったくだ」七之助も息を吐く。

「どうだ、我らもなにかはじめるか」

「なにをだ」

圭次郎が苦笑を向けると、

「そうさな、道場、は無理だし、寺子屋《てらこや》とかはどうだ」

七之助は笑う。いや、と東吾は首を振った。

「わたしは子供は苦手だぞ。理の通じない者と話すのは疲れる」

ははは、と圭次郎は空を見上げて笑う。

と、そこに横から男が走り込んできた。

「ああ、お三人様、助けてください」

矢場の主、久兵衛《きゅうべえ》だ。

「なんだ」

驚く圭次郎の袖《そで》を、久兵衛が引く。

「うちの若いもんが浪人にいちゃもんをつけられて、困っているんです」

「なに」

三人の声が揃《そろ》い、走り出す。

この広小路では、これまでにも何度か、揉《も》め事《ごと》の仲裁を頼まれたことがあった。

若い者のけんかを治めるのは、そう難しいことではない。

矢場の外では人が集まり、中のようすを窺《うかが》っている。

「なんだとぉ、わしを愚弄《ぐろう》する気かっ」

響いてくる声を聞きながら、三人は人混みをかき分けて矢場の店の中へと入り込んだ。

月代《さかやき》の伸びきった浪人が二人。年嵩《としかさ》のほうが、その手で店の小僧の胸ぐらをつかみ上げていた。気が立っているせいか、大きな耳が赤くなっている。もう一人、若いほうは尖《とが》った鼻に皺《しわ》を寄せて、にやにやと笑いながら背後で見ている。

矢の的が並んだ台の横では、看板娘のおふじが半べその顔で、おろおろと左右を見ている。

圭次郎は東吾らと目を合わせた。浪人は眉をつり上げ、いかにも荒っぽそうだ。面倒だな、と三人は目顔で頷き合う。が、圭次郎は足を踏み出した。

「お離しを」

大耳の浪人の前に腕を突き出した。

ああん、と大耳は眉を歪《ゆが》めて圭次郎を見ると、

「なんだ、きさま、引っ込んでろ」

と、吐き捨てる。圭次郎は首を振った。

「主に助けを求められましたので、引くわけにはいきません。なにがあったというのですか」

「ふん」背後にいた若い浪人が進み出る。

「その小僧がわざと弦《つる》の弛《ゆる》んだ弓をよこしたのだ。我らを侮《あなど》ったのであろう」

「そんな、ここではその弦がふつうでございます」

主が手を振って、前へと出て来る。

ははあ、と圭次郎は大耳の浪人を見た。いちゃもんをつけて、金をせびり取ろうという腹なのだろう。

「このっ……素直に詫《わ》びれば、許してやろうものを」

大耳は久兵衛の腹を蹴り上げる。

「おう、強情なやつめ」

若い浪人は歪んだ笑いを浮かべ、奥で怯《おび》えている娘を顎《あご》でさした。

「なんならあの娘でもよいぞ」

ひっと声を洩らして、娘は壁に背をつける。

そのとき、

「やめろっ」

と、大声が上がり、若い男が店の中に飛び込んで来た。男は近くの店で働いている佐吉《さきち》だ。おふじとは恋仲であることを皆、知っている。

おふじに寄って行こうとしていた若い浪人に、佐吉はうしろから体当たりをした。矢を射る台に倒れ込んで、浪人が顔をぶつける。

「こやつっ」

大耳の浪人は小僧を離すと、その手で刀を抜いた。

佐吉は目を怒らせ、そちらを向く。

飛びかかろうと両腕を伸ばした佐吉の肩に、刀が振り下ろされた。

血が飛び、骨を打つ鈍い音が鳴って、佐吉が崩れ落ちる。

「きさまっ」

七之助が素早く刀を抜き、浪人の刃《やいば》を弾く。

その横で若い浪人が身を立て直し、刀の柄《つか》に手をかけた。

「よせ」

圭次郎が声を放つと同時に、若い浪人は白刃《はくじん》を抜いた。

両手で構えると、間を置かずに、七之助の背後を狙う。

「よさないか」

圭次郎も刀を抜くと、横から刃《やいば》をまわし、浪人に向かって踏み込んだ。

浪人の刃が七之助の背中に振り下ろされる。

その手前で、圭次郎の刀が浪人の腕を斬《き》り上げた。
袖が切り裂かれ、血が飛び散る。
うあぁっ、と呻《うめ》き声を上げ、若い浪人が腕を押さえた。
圭次郎は刀を構え直すと、ちらりと背後を見た。
人々がざわめきながら、人垣を作っている。
まずいな……。圭次郎は口中でつぶやいた。まさか、こんな刃傷沙汰《にんじょうざた》になるとは……。
「きさま、許さん」
大耳の浪人が、刃を圭次郎に向けた。
「表へ出ろ」
そう大声を放ち、人垣を手で分ける。
人々はざわめきながらも、割れて道を作った。
圭次郎もそこを進み、七之助と東吾も続いた。
道では人が輪になって、決闘のような場を作り出していた。
大耳は刀を正眼《せいがん》に構え、大きく息を吸った。
こうなれば、しかたない……。圭次郎も息を吸い込み、腹に力を込めた。

両手で握った刀を右側から、ひらり、ひらり、と頭上に上げた。

「よ、ひらりの若さん、やっちまいな」

見物人のなかから声が上がる。

くっと、浪人の息が洩れ、

「やぁぁっ」

と、刀を振り上げた。

踏み込んでくるその身体を、圭次郎は横に躱《かわ》す。

大耳が勢いよく、脇をすり抜けた。と、圭次郎は頭上に掲げた刀をくるりとまわし、峰《みね》で背を打つ。

大耳は前のめりになり、ぐっと足で踏みとどまった。

振り向いて、大耳は赤くなった目を圭次郎に向ける。と、身体の向きを変えた。

ギリギリと歯ぎしりをしながら、圭次郎の正面にすり足で移動する。

圭次郎も、柄《つか》を握り直して、構える。

と、双方の動きが止まった。

「こっちです、お役人様、早く」

その声とともに、数人の足音が耳に届いた。南の方からやって来る。

「ちっ」

大耳は舌打ちをすると、刀を納めた。

出て来た若い浪人に、「逃げろ」と叫ぶ。

圭次郎も慌てて刀を納めると、東吾と七之助を見た。

「逃げよう」

「おう」

浪人は人垣を手で払うと、走り出す。

圭次郎らもそれに続いた。

人垣から出ると、大耳は東へ、若い浪人は腕を押さえて北へと走り出した。

東吾も北へと走り、七之助は西へと行く。

圭次郎は大耳を追うように、東へと走り出した。広小路の先は両国橋だ。

大耳は橋を渡っていく。

圭次郎も走りながら、うしろを振り返った。

東吾と七之助は、それぞれ別の方向へ走っている。

役人らは広小路で立ち止まり、顔を前後左右に巡らせている。が、すぐにばらけて、一人ずつ走り出した。

こちらにも一人、向かって来る。黒羽織《くろばおり》の同心だ。十手《じって》を掲げ、

「待てい」

と、大声を放ちながら走ってくる。

待つわけにはいかん、とつぶやいて、圭次郎も走る。

先を走っていた大耳は、橋を渡り終え、本所《ほんじょ》の町へと駆け込んで行く。

圭次郎もそのすぐにあとに追いついた。と、

「どけいっ」

大耳が人を突き飛ばす。

老婆が勢いよく、地面に転がった。

担《かつ》いでいた籠《かご》から野菜が放り出され、地面に散らばる。

圭次郎は足を止め、同時に、しゃがみ込んだ。

老婆の顔から、血が流れ出ている。額も頬《ほお》も血だらけだ。

「婆さん、大丈夫か」

しゃがんだ圭次郎は、老婆の両腕をつかんで、上体を助け起こそうと力を込めた。が、はっと息を呑んだ。肩をつかまれたのだ。

つかんだ手は黒羽織から出ている。

振り向いた圭次郎に、同心が荒い息で口を開いた。

「南町奉行所の者だ、来てもらおうか」

二

圭次郎は正座をして、薄暗い天井を見上げた。

辻番所《つじばんしょ》の中だ。二人の番人が隅に控えて、こちらを見ている。

町人町には自身番所《じしんばんしょ》があり、科人《とがにん》や怪しい者はそこに連れて行かれる。同じように武家地に置かれているのが辻番所だ。科を負った武士は、自身番所ではなく、辻番所に連れて行かれることになっている。武家屋敷の多い本所には、辻番所が多い。

「わたしは南町奉行所の同心、末吉平三郎《すえよしへいざぶろう》だ。そなた、名はなんという」

末吉は向かいに胡座《あぐら》をかいて、十手をゆっくりと振る。

「名は申せません」

圭次郎はきっぱりと返した。

ふん、と末吉は鼻を鳴らす。

「身なりからして、旗本の子息であろう。歳はいくつか」

「申せません」

圭次郎はぐっと膝の上で拳《こぶし》を握る。

「強情だな。町人の男を斬ったのはそなたであろう」

末吉の言葉に、圭次郎は身を乗り出す。

「わたしではない、斬ったのは浪人です。あの浪人は、どうしたのです」

「あの男は逃げた」末吉は顎を上げる。

「あの浪人は知った者か」

「知りません。たまたまその場に居合わせただけです」

久兵衛に助けを求められた、という言葉は、話が面倒になりそうで飲み込んだ。

ふうむ、と末吉は腕を組む。

「だが、斬り合いになったのは確かであろう」

ぐっと、圭次郎は唾《つば》を呑む。若い浪人を斬ったのは事実だ。町中での刃傷沙汰は御法度《ごはっと》であり、くわしく調べられる。それを考えれば、事は軽くない。さらに罰を受けるようなことにでもなれば、家名を傷つけることになる。父の役目にも障《さわ》るであろうし、次兄の養子話も取り消されかねない。

黙り込む圭次郎の顔を斜めから窺いながら、末吉は口を開いた。

「仲間がいたであろう、その者らの名を教えてくれまいか」

「申せません」

圭次郎は二人の顔を思い浮かべた。七之助の父も東吾の父も幕臣であり、それなりの役に就いている。騒ぎになれば、家に迷惑がかかるのは必定《ひつじょう》……。

口を固く結ぶ圭次郎に、ふう、と末吉は息を吐いた。

「なんとも強情な……このままだと、家に帰すわけにはいかんのだがな」

末吉はくいと顎を上げて、隅を示す。そこにあるのは、格子のはまった小さな仮牢《かりろう》だ。

ぐっと、思わず息を呑み込んだ。が、圭次郎は胸を張って、口を開いた。

「いたしかたありません」

ほう、とあきれたように、末吉は傾けていた身を起こした。と、その顔を表へと振り向ける。

人が入って来たためだ。

番所の番人が慌てて寄って行く。番人の一人は四十過ぎくらい、もう一人は五十近くくらいだ。二人ともが、頭を下げて武士を迎え入れた。

入って来た武士は、末吉と圭次郎を交互に見る。

「騒ぎがあったと聞いたので寄ってみた。わたしは目付《めつけ》、河路《かわじ》格之進《かくのしん》と申す」

「え」末吉は慌てて居住まいを正して、そちらに向く。

「御目付様でしたか。わたしは……」

名を名乗ると、ことの顚末《てんまつ》を話し出す。

「ですがこの者、なんとも頑固《がんこ》で、いっこうに話そうとしませんで……」

末吉の抑えた声が聞こえてくる。

ふうむ、と河路は圭次郎に近寄って来ると、正面から顔を見据えた。

「そなた、身元を明かさぬ気か」

「はい、申せません」

圭次郎は背筋を伸ばし、頭を下げた。

「ともにいたという仲間の名も言わぬか」

「申せません」

「ふうむ、家も友もかばうつもりか」

河路は口を曲げた。

目付は幕臣を監察《かんさつ》する役だ。大名は大目付が監察するが、旗本以下は目付の監視下となる。定員は十人と決まっており、目付の役に就くことができるのは、ごく限られた者だ。その査定は厳しく、武士にとって、目付ほど怖いものはない。不届きなどが発覚すれば、お家取り潰《つぶ》しの沙汰を受けることさえあるのだ。

圭次郎は唾を呑みつつ、背筋を伸ばす。河路は圭次郎越しに、片隅を目で示した。

「では、今夜はあの仮牢で明かすことになる。それでもよいのだな」

「はい、かまいません」

「ふむ、それでも言わぬのであれば、牢屋敷《ろうやしき》に移されることになるが、それもかまわんのだな」

圭次郎は大きく息を吸い込むと、「はい」と返して顔を上げた。

「ですが、ぜひ、お調べもお願いいたします。町人を斬ったのは、逃げた浪人、それは矢場の者らに聞けば明らかになるはず。わたしはもう一人の浪人の腕を斬りつけましたが、それは相手が先に刀を抜いたため、やむなくのことです」

ふうむ、と河路は末吉を見た。

「それは調べたのか」

「あ、いえ、まだです。とりあえずこの者をここに連れて来たところでして、この仔細《しさい》はこれから調べます」

「そうか、では、矢場の者らから話を聞くがよい。続きはそれからだ」

河路はうしろに控えていた番人を振り返った。

「この者は仮牢に入れておくように」

「はい」

二人の番人が圭次郎を見る。

圭次郎は牢を見ながら、腹を括《くく》って立ち上がった。

暗い牢へと進む圭次郎とは逆に、末吉と河路は明るい表へと出て行った。


圭次郎は窓のない、薄暗い牢内を見まわした。目が暗さに慣れて、よく見えるようになってきていた。

はじめはかしこまって正座をしていた脚も、すでに崩して胡座となっている。

牢の隅には厠《かわや》がある。といっても、穴が開いているだけで、板の蓋《ふた》がかぶせられたものだ。

表の明るさも消えると、番人が入れ替わった。昼と夜とで交代するのが決まりだ。すでに申し送りがされていたらしく、年老いた番人が外から小さな籠を持ってやって来た。番人は雇われた町人であるため、腰が低い。

「飯です」

格子の隙間から入れられた籠を受け取ると、圭次郎はその蓋を開けた。握り飯が二つにたくわんが五切れついている。

「これは水」

竹筒を三本、差し入れると、

「あたしはずっとあっちにいるんで」

ぺこりと頭を下げて、牢の反対側の畳敷きへと去って行く。

「ふうん」

圭次郎は握り飯を手に取ると、口に運んだ。塩が利いていて、うまい。

なんだ、牢も思ったほど悪くないな……。

頬張りながら、ふと家人らの顔が浮かんだ。これまでにもしばしば、七之助や東吾の家に泊まったりしているから、心配はしていないはずだ。

すべて食べ終えた圭次郎は、片隅に畳まれた薄い布団を敷くと、その上に大の字になった。

真っ暗な天井を見つめ、圭次郎は胸中でつぶやく。

これも天運か……。

以前、伯母の紫乃から聞いた言葉が、耳に甦《よみがえ》る。

〈己《おのれ》の力だけでは、どうにもできないことがあるものです。それを天運というのですよ。天運というのは、抗《あらが》えないものなの〉

紫乃が諭《さと》すように微笑《ほほえ》んだときの顔を思い出す。

凛《りん》とした紫乃の面持《おもも》ちは、大奥務《おおおく》めによるのものだと、圭次郎は幼い頃から聞かされていた。

紫乃は十六歳で大奥に上がり、奥女中として働いていたという。

旗本の家は格式は高いものの、その内情は決して豊かではない。むしろ、体面を保つために無駄に費やすものも多く、多くの家で金の工面《くめん》に苦労するのが常だ。ために、娘を大奥に上げる家も珍しくはない。紫乃もその一人であり、大奥の給金は大いに家を助けていた。

その紫乃が大奥から下がり、嫁《とつ》ぐことになったのは二十一歳のときであった。

大奥は将軍の寵愛《ちょうあい》を受けたり、高い地位に就けば一生奉公になるが、そうでなければ、家へと戻ってきて嫁ぐの普通だ。奥女中を務めたとなれば評判も上がり、嫁ぎ先に不自由はしない。

紫乃もそうして、ある旗本の長男に嫁いでいった。夫は三年後には父のあとを継ぐことになっており、誰もが喜んだ縁だった。しかし、一年も経たないうちに、夫は肺病で倒れたのである。長くは持たない、と医者に告げられ、家は騒然となった。

男子はほかにいない。ために、妹に婿養子をとることとなった。

その婿が入ってまもなく、夫は息を引き取り、紫乃は未亡人となった。子もいなかった紫乃は、もはや婚家での居場所はない。

〈実家に戻ります〉

そう言って、自ら平石家に帰って来たのだと、圭次郎も幼い頃から聞いていた。

実家に戻ってからの紫乃は、行儀作法や琴《こと》、踊りなどを教えて過ごし、それは今も続いている。その教授の礼金は家計を助け、ために、征四郎は未だに姉に頭が上がらないままだ。

三年前、圭次郎の元服《げんぷく》の折に、紫乃は言った。

〈圭次郎、そなたが三男に生まれたのは天運です。そなたの落ち度ではありません。ですから、堂々と胸を張って生きなさい〉

そのとき、隣にいた妹の紗江が身を乗り出した。

〈まあ、なれば伯母上、わたくしが末の子として生まれたのも天運なのですね〉

〈ええ、そうですとも。このお江戸に生まれたのも天運、この平石家に生まれたのも天運、人には変えることのできない運というものがあるのです〉

〈だとすると〉圭次郎は問うた。

〈人の一生は決まっているのですか〉

〈いいえ。すべてが決まっているわけではありません。変えられることと、変えられないことがあるのです〉

では、と紗江が首をかしげた。

〈それは、どちらか、ちゃんとわかるのですか〉

紫乃は微笑んで、

〈やってみればわかります。変えたいと思って動いてみれば、どちらであるか、はっきりするの。いけないのは、やる前にあきらめてしまうことよ。いいですね、これは二人だけに教えること。ちゃんと覚えておきなさい〉

〈はい〉

兄妹は同時に頷いた。

紫乃はなぜか、圭次郎と紗江をとくにかわいがってくれたことを思い返す。

〈そなたは上の二人と違って、細かくないところがよい。おおらかに生きなさい〉

そう言ったこともある。

天運か……。圭次郎はそっとつぶやく。なれば、なるようになるだろう……。

腕を伸ばすと、圭次郎は身体の力を抜いた。眠りが、目も耳も閉ざしていった。

三

「おはようございます」

その声にゆっくりと起きると、番人が覗《のぞ》き込んでいた。昨日、昼にいた年嵩のほうだ。

「朝飯ですよ」

番人は格子から小さな籠を差し入れた。

蓋を開けると、中の握り飯から微《かす》かな湯気が上った。

「おっ、炊《た》きたての飯か」

「はい、あたしのうちで炊いたんです」

番屋には竈《かまど》がないため、飯は番人が用意することになっている。

「ほう、あったかい」

圭次郎はさっそくかぶりつき、たくわんも嚙《か》みしめる。

番人は小首をかしげると、小さく笑った。

「いやぁ、ちゃんとお休みになったようですし、飯も食えるとは、なかなかに肝《きも》が据わってますな」

頭を振りながら離れて行く。

圭次郎は、その背中を見ながら、町で聞いた川柳《せんりゅう》を思い出した。辻番は生きた親仁《おやじ》のすて所、か。

辻番所は江戸のはじめから作られていた。辻斬りなどが横行し、それを取り締まるために設置されたものだ。その頃には、武士が番士として詰めていたが、世が平穏になるにつれて、辻番も変わっていった。番人は町人にまかされ、大した仕事も生じないので、いつしか老人の仕事となっていた。

「ああ、これは、おはようございます」

番人の声が上がり、人が入ってきた。目付の河路格之進だ。

その場で番人と言葉を交わしながら、ちらりとこちらを見る。

圭次郎は格子の前で居住まいを正した。

番人と離れ、河路が近寄って来る。牢の中の圭次郎を見据えると、

「よく寝て、よく食ろうたそうだな」

小さな笑みを含んで言った。

「はっ、うまい飯をいただきましたので」

圭次郎の答えに、河路は笑いを抑えずに頷く。

「はは、そうか。して、名を明かす気になったか」

「いえ」圭次郎は背筋を伸ばす。

「それは申し上げられません」

ふむ、と笑いを収めた河路に、圭次郎は格子に手をかけて、声を上げた。

「矢場の騒ぎ、お調べいただきましたでしょうか」

「うむ、南町の同心が調べた」

「では、わたしの言うたこと、偽《いつわ》りなしと明かされたはず。いかがでしたか」

腰を浮かせる圭次郎に、河路は首を振る。

「そなたがなにも話さぬというのであれば、こちらも話せぬな」

河路はくるりと背を向け、顔だけを振り向けた。

「もうしばらくいるがよい」

表へと歩き出す。

くっと、圭次郎は声を呑み込み、腰を落とした。

もしや、と腹の底が揺れる。斬られた町人が死んだのか、いや、あるいはわたしが腕を斬った浪人が死んだのかもしれない。刀傷はあとで死ぬことも多い……。

圭次郎は沈思《ちんし》した。

そのまま動かずにあれこれ考えを巡らせる。が、ふとその顔を上げた。

足がすっかりしびれていたのだ。

いてて、と足を揉んで、手足を投げ出した。どすんと仰向けになって、天井を見上げて息を吐く。さて、どうなることか……。

番人が、のそりとやって来ると、言った。

「もうじき、昼飯ですがね、お侍さん、たくわんが好きなようだから、いっぱいつけましょうかね」


圭次郎は格子越しに、開け放たれた戸口を眺めた。

昼を過ぎ、傾きはじめた陽の光が表を歩く人々を照らしている。

その明るい表から、一人の男が入って来た。同心の末吉だ。

牢屋敷に移されるのか、と圭次郎は唾を呑み込む。

つかつかとまっすぐに牢にやって来ると、圭次郎の前に立ち、言った。

「お、元気そうですな、平石圭次郎殿」

いきなり名を呼ばれ、圭次郎は驚いて腰を浮かせる。

「なにゆえに、名を……」

「ああ、なに」末吉は十手で肩を叩く。

「昨日、矢場で聞き込みをしておりましたら、金井東吾殿が戻って来たのです。自らの名を明かし、お仲間の池野七之助殿、そして平石圭次郎殿の名もすらすらと言いましてな、いや、素直なお方だ」

東吾か……と、圭次郎は腰を落とした。

末吉は十手を前に立てる。

「まあ、それで話はよりはっきりとしました。なに、矢場の者らの話でもじゅうぶんことの顚末はわかったのですがな、金井殿の話はその証立《あかしだ》てになった、というわけです」

「池野七之助はどうしました」

「ああ、池野殿は戻っては来ませんでした。が、金井殿から名と屋敷の場所を聞いたので、伺いました。話を聞いたところ、浪人が刀を抜いたために、町人を助けようと自分も抜いた、と。で、平石殿も池野殿を助けるために、浪人を斬ったということでしたな」

圭次郎は腰を上げる。

「ええ、ええ、そうです。よかった、相手の不届きが明らかになったのですから、わたしはこれで放免《ほうめん》ですね」

「ああ、いや、まだそこまでは」と、末吉は首を振る。

「矢場の騒動ですから、治めるのは町奉行の役目。が、旗本の子息三人が騒動に加わり、御目付様も関わっている。となると、簡単にはいきません。で、実はですな、わたし、南町の御奉行様にじきじきにお伺いを立てたのです」

末吉は誇らしげに胸を張る。

圭次郎は頭を巡らせた。南町奉行は遠山左衛門尉景元《とおやまさえもんのじょうかげもと》だったな……。

かつて北町奉行であった遠山景元は、今は南町奉行の役に就いている。父と同じ通称の金四郎《きんしろう》としても知られ、彫り物をしているという噂《うわさ》もある。若い頃に市井《しせい》に遊んでいたため、下々《しもじも》の事情をよく知り、人情に厚い。禁止されていた寄席《よせ》を、民の楽しみのために再び許したのも景元だ。

遠山様のご判断なら、と圭次郎は期待とともに末吉の顔を見る。

末吉は胸を張ったまま、口を開いた。

「御奉行様はこたびの騒動、若侍三人はたまたま居合わせて巻き込まれたもの、と判断されました。先に相手が刀を抜いたのは皆の話で明らかになりましたゆえ、池野殿と平石殿が刀を抜いたのはお咎《とが》めなし、ということです」

圭次郎はほうっと大きな息を吐いて、浮かしていた腰を下ろした。

「なれば、わたしは放免、ではないのですか」

「ふむ、そこです。御奉行様はお咎めなし、とされましたが、こうも申されました。留め置かれているのは旗本の息子、御目付様が関与されているのであれば、放免の許しは御目付様が下されるのが筋であろう、と」

圭次郎の肩が落ちる。と、はっとして顔を上げた。

「このこと、家にも知らせが行ったのでしょうか」

それはそうだろう、という顔で末吉は大きく頷く。

「むろんです。身元を確かめねばなりませんからな、名を聞いてすぐに、わたしが平石家をお訪ねしました。お父上はご不在でしたから、御徒組の役所に行ってお会いし、話をしましたぞ。それから御目付様にも報告いたし、と……いや、昨日は忙しかった」

誇らしげに身を反らす末吉とは逆に、圭次郎はうなだれた。

父上に知られてしまったか……。

末吉は十手を腰に戻すと、小さく笑った。

「まあ、そういうことなので、今しばらくお待ちなされ。わたしはこれにて失礼いたす」

そう言うと、振り向きもせず、表へと出て行く。

圭次郎は眉を寄せて、そのまま表を眺め続けた。

外の光の色が、少しずつ、変わっていく。

やがて、表を照らしていた外の光が、戸口から中へと入り込んできた。西日だ。

その陽を背にして、二人の人影が入って来た。

圭次郎は「あっ」と声を洩らした。

つかつかと進んでくるのは、長兄の征一郎だった。

格子の前に立つと、黙って拳を握り、弟を見下ろした。その目の厳しさに、圭次郎はうつむく。

「ごめん」もう一人の男が前に進み出た。

「わたしは御目付河路様の配下、小人目付《こびとめつけ》の村井《むらい》と申します。河路様より、平石圭次郎殿を放免せよ、との命を受けて参りました」
　圭次郎は「はっ」と礼をする。
　村井が番人に振り向いて、手を上げた。
「牢を開けよ」
　はあ、と番人は鍵を持って来る。
　格子の戸が開けられ、圭次郎は顔を伏せたまま牢を出た。
　征一郎が村井に向けて、
「ご苦労でござった」
　と、その口を開いた。
「圭次郎」兄の声音《こわね》が重くなる。
「帰るぞ」
　そう言うと、くるりと背を向け、歩き出す。
　圭次郎は村井や番人に目顔で会釈《えしゃく》をすると、そのあとに続いた。
　先を歩く征一郎の斜めうしろを、圭次郎は付いて行く。
　口を固く結んだまま、兄は振り向かない。
　町のにぎわいを抜け、城の濠《ほりぞ》沿いの道に出たとき、兄はやっと弟を小さく振り返った。

「家名を汚《けが》すとは、情けない」

「はっ、申し訳ありません」

頭を下げ、消え入るような声で返す。

「そなたの軽はずみな行いが、父上の出世の妨げになったやもしれないのだ」

「はっ、以降、気をつけます」

「いや」兄は眉間《みけん》に皺を刻んだ。

「そなたはわかっておらぬ。父上が御徒頭に出世するまで、どれほどご苦労されたことか……そなた、御爺様《おじじさま》のことは覚えておらぬであろう」

圭次郎は頭の中で、うろ覚えの顔を探った。五歳のときに亡くなったため、ほとんど記憶にない。兄は首を振る。

「わたしはよく覚えている。御爺様は声が小さく、はっきりと物事を言わない方だった。ゆえに、徒組頭《かちぐみがしら》の御役に就いたものの、最後までそれ以上に出世することはなかったのだ。我が家の家格からすれば、徒頭になっても当然であったのに、周りから見下され、引き上げられることはなかったと聞いている」

圭次郎の瞼《まぶた》に祖父の顔がぼんやりと甦る。静かに笑うことはあったが、声は思い出せない。

「父上はそれゆえに、仕事に励み、日々、精進《しょうじん》されて出世を勝ち取られた。御徒頭となられた今でも、その精進は続けておられるのだ。求馬の養子を決めたのも、家格をゆるぎないものとするため。そなたは、そうした父上の努力を無にするところだったのだぞ」

圭次郎はうつむく。なにかを言えばさらに叱《しか》られそうで、言葉が出てこない。

まったく、と兄は独り言のようにつぶやく。

「伯母上が甘やかすからだ」

圭次郎は肩をすくめる。

征一郎は足を止め、顔を振り向けた。

「こたびばかりは、父上も心底ご立腹だ。覚悟しておけよ」

高い声で言い放つと、地面を蹴るように、再び歩き出す。

圭次郎はしばし佇《たたず》み、そっと息を吐いてから、そのあとを追った。

居間に家の者が皆、揃っていた。

正面に父の征四郎が端座《たんざ》している。

左側には伯母の紫乃、母、そして妹の紗江が並んでいた。向かいの右側に、征一郎が着座した。その下手《しもて》には、すでに次兄の求馬が座っていた。

圭次郎は、顔を伏せたまま、父に対面して正座した。

父が一つ、咳《せき》を払う。

「圭次郎、そなたを勘当《かんどう》する」

やはり、そうきたか……。覚悟していたものの、圭次郎は唾を呑み込んだ。

「こたびのこと、申し訳ありませんでした」

深々と手をつく圭次郎に、父の声が低くなる。

「詫びたところで家名についた傷は消せぬ。南町奉行のみならず、御目付様にまで知られるとは、なんたる恥かっ」

はっ、と圭次郎はさらに低頭する。

「そなた、明日、この屋敷を出て行け」

父の言葉に、思わず顔を上げた。

「明日、ですか」

「そうだ。勘当した者を置いておくわけには行かぬ。明日の昼、巳《み》の刻（十時）までに出て行くのだ。わかったな」

「はぁ」

圭次郎は眼を動かし、家人らを見た。

兄二人は目を伏せたままだ。

母は宙を見ている。紫乃と紗江が横目でこちらを窺っていた。

「身のまわりの物だけは、持って出てもよい」

そう言うと、父は立ち上がった。

皆も、それに続いて出て行く。

静まりかえった部屋で、圭次郎はゆっくりと立ち上がった。

荷造りをせねば……。重い足取りで廊下に出る。と、紗江がそこにいた。

「兄上、わたくし、お手伝いいたします」

見上げる妹の潤《うる》んだ目に、圭次郎は喉《のど》を詰まらせた。

すまない、と言おうとした声が、震えそうになって、そのまま呑み込んだ。

四

部屋の障子を開けて、朝の光を入れると、圭次郎は布団を押し入れにしまった。

おそらくもう二度と、この布団を使うことはないだろうと、そっと手を触れた。朝の膳《ぜん》には着かなかった。

夜遅くまで荷物をまとめていたために、起きるのも遅かったし、家人らと顔を合わせるのも気まずかったからだ。

さて、と荷造りの続きをしながら、圭次郎は聞こえてくる音に耳を澄ませる。

「行ってらっしゃいませ」

という母らの声のあとに、玄関から父が出て行った音が聞こえてきた。

圭次郎は畳んだ着物を柳行李《やなぎごうり》に詰め込む。

当面の着替えには困らないな。しかし、この先、どうする……。行李の蓋に伸ばしたが手が止まる。と、玄関から一つの足音が近づいて来た。

「圭次郎、起きていたのですか」

顔を覗かせた母の呼びかけに手を止め、

「はい」と、顔を上げる。

母はつかつかと入って来ると、正面に正座した。懐《ふところ》から、小さな白い包みを取り出すと、前に置く。

「これは父上からです。三両、包んであります」

　えっ、と思わぬことに母と包みを交互に見る。母は再び懐に手を入れると、今度は小さな巾着《きんちゃく》を取り出した。

「これはわたくしからです。二両と二分ほどあるはず」

　包みと巾着を、手で圭次郎の膝の前まで差し出す。

「これでしばらくは暮らしていけるでしょう。よいですか、やけになったり、軽はずみなことをしてはなりませんよ」

「は、い」

　圭次郎はそっと包みと巾着を手に取った。

「それと」母が小声になる。

「そなたは勘当の身となったのですから、今後、二度と屋敷の門をくぐることはなりません」

「はい、承知しております」

　頷く圭次郎に母は首を伸ばしてさらに小声になる。

「用があって来るときには、勝手門からそっと入りなさい。父上のおられぬ昼間に来るのですよ」

　は、と驚く圭次郎に、母は当然のような面持ちで頷く。

「わかりましたね。それと、朝昼晩ときちんと食べること、団子などですませてはいけませんよ」

「はい」

「それと」母は立ち上がりながら言った。

「巾着のことは、内緒ですからね」

そういうと、振り向きながら、母は出て行った。

圭次郎は手にした巾着をそっと開いて中を見る。一朱金と二朱金がたくさん入っている。

圭次郎はそれを額の上に掲げ、頭を下げる。と、それをあわてて懐にしまった。

足音が二つ、やって来る。

「圭次郎、支度はできましたか」

紫乃と紗江が入って来た。

「あ、はい」

圭次郎は柳行李を手で示した。

紫乃は廊下に向けて、

「佐助《さすけ》」と声を放つ。

「へい」すぐに中間《ちゆうげん》の佐助がやって来た。

「布団を包んでちょうだい」

紫乃が押し入れを開け、佐助に促す。

へい、とあらかじめ言われていたらしく、大きな風呂敷《ふろしき》を広げると、布団をそれでくるむ。

「や、伯母上、それはまずいのでは……」

狼狽《うろた》える圭次郎に、紫乃は胸を張った。

「いいえ、身のまわりの物は持っていってよいと、征四郎が言うたでしょう。布団も立派な身のまわりの物、かまいません。文机《ふづくえ》や文箱も運びなさい」

紗江が笑顔で進み出る。

「兄上の箱膳《はこぜん》、それにお碗《わん》や小鉢、お皿も運んでおきました」

紫乃は布団を包み終えた佐助に、手を振る。

「さ、では、行李と布団を荷車に運んでおくれ」

「へい」

佐助は気合いを入れて、荷物を抱える。

「さ、参りましょう」

紫乃が先に立って、玄関へと向かう。

外には荷車があり、紗江が包んだらしい荷物がすでに載っている。

「さ、行きますよ」

先に立った紫乃に紗江と荷車を引く佐助も続く。圭次郎は半ばあっけにとられながら、屋敷を振り返った。母の姿も、兄たちの姿もなかった。

圭次郎は大きく息を吸い込むと、門から道へと歩き出した。


迷いもなく進む紫乃の横に、圭次郎は並んだ。

「あの、行き先はまだ決めていないのですが」

紫乃は横目で圭次郎を見上げる。

「もう決まっています」

「は……」

「一昨日《おととい》、南町奉行所の同心が屋敷に来ました」

「ああ、末吉殿ですね」

「ええ、あの方、両国広小路の矢場やその周辺のお店《たな》で、そなたらのことを聞きまわったそうです。したら、そなた達三人は揉め事の仲裁をしたり、ならず者の言いがかりから皆を守ってくれていた、という話がいくつも出たそうです」

「あ、それは……」圭次郎は首筋を掻く。

「われらは遊ぶ金もなく、することもなかったので」

照れる甥《おい》に、紫乃はふっと笑う。

「わたくしは驚きませんでしたよ。そなたの心根がまっすぐなのは、ようくわかっていますからね。で、末吉殿は屋敷から、征四郎の役所に会いに行くと申されました。そこでも同じ話をしたはずです。征四郎はさぞ驚いたことでしょうね」

圭次郎は頰が強《こわ》ばった。

「そうでしょうか」

「ええ、圭次郎は町をほっつき歩いて何をしていることか、悪いことをしておらねばよいが、としばしば申していましたからね」

え、と圭次郎は愕然《がくぜん》とする。そんなに信用されていなかったのか……。

紫乃は首を振った。

「まあ、親というのはそういうものかもしれぬ。わたくしは子を持ったことがないからわからぬが、心配しすぎるのが親というものなのでしょうよ。なれど、末吉殿の話を聞いて、征四郎はそなたを見直したのかもしれません。昨日のうちに、そなたの住む家を決めたのです。ねえ、佐助は征四郎に付いて行ったのですものね」

「へい、お屋敷に戻って来られて、付いて参れと言われたので行きました。なにやら、人の口利きらしいですよ。勘当したのに家を探すなんぞ、殿様もやっぱり人の親ですねえ」

はあ、と圭次郎は肩から力が抜けるのを感じた。

「なんと、そうだったのか」

紫乃は笑《え》んで、道の先を指し示す。

「店賃は半年分、先払いをしたそうよ。佐助、この先はわかるわね」

「へい、行き先は玄冶店《げんやだな》です、次の辻を右に曲がりますよ」

紗江は荷車の横で、笑顔で右に左にと顔を向けている。

「お店がいっぱい、町はにぎやかですこと。兄上、よかったですね」

「は、なにがだ」

「お屋敷よりも、こちらのほうがずっと面白そうです」

紗江が跳ねるように、先に立って辻を曲がった。

表通りを折れ、しばらく行った所で佐助が振り向いた。

「この細い道を入ります」

付いて行くと、そこには小さな平屋の一軒家が並んでいた。

「ここですよ」

佐助が指した一軒だけが二階家だった。

腰板障子《こしいたしょうじ》の戸口は一間《いっけん》で、横に格子の窓がついている。圭次郎は家を上まで見上げた。二階はあとから建て増ししたらしく、木の色が少し違う。左右が隣家の屋根なので、明るそうだ。

圭次郎はまわりに目を向けた。

両隣の家とは少しの間しかなく、並んだ向かいの家並みとのあいだも、二間ほどの細い道で隔たっているだけだ。

周囲からさまざまな人の声や物音が聞こえていた。

五

翌朝。

明け六つ（六時）の鐘《かね》が鳴るよりも早くに、圭次郎は目が覚めた。周囲の家からはすでに朝の音が立ち、前の道を行き交う人々の威勢のいい声も耳に入ってくる。

職人が多いらしく、男達の足音は速く、勢いがよい。

右隣の家からは、子供らの声が泣きも笑いも含めて聞こえてくる。

おや、と圭次郎は窓から、右の家を覗いた。醤油《しょうゆ》の香ばしい匂いが漂ってくる。嗅《か》いでいると、腹の虫がぐうと鳴った。昨日は皆で町の飯屋に入ったが、早い時刻だったので、腹の中は空だ。

「煮豆はもうこれで全部か、しらすはどうした」

男の声に、女の声が答える。

「豆はそれで終わり、しらすの佃煮《つくだに》がもうすぐできるよ」

「おう、しらすは待っている客がいるんだ、頼むぜ」

ほう、売っているのか、と圭次郎は戸口から出て行くと、明け放たれた隣の家を覗いた。甘辛いような匂いが鼻をくすぐる。中を覗くと、男が上がり框で、大きな籐《とう》の籠にしゃがんでいた。三段に仕切られた中に、瀬戸物《せともの》の器を入れている。脇に置かれたものには、煮豆が盛られている。それを手に取って収めながら、男はこちらを見た。

「ああ、と……煮物を売ってほしいんだが」

土間に入って行く圭次郎に、男は膝をまわして、ふんと鼻を鳴らした。

「お侍さん、昨日、隣に家移りしてきたお人だろう」

圭次郎は慌てて居住まいを正した。

「さよう、平石圭次郎と申す、こちらに住むことになったので、よろしく頼む。で、起きたら、よい匂いがしてきたので、こうして参ったのだが……」

「ふうん、あっしは煮売り屋の吉三《きちぞう》ってんだ。けどね、うちの味はお侍さんには合わねえよ。しょっぱいって文句を言うのがおちだ。へっ、そらそうだって、こちとら、この辺りの男衆に合わせて味を決めてんだ。男らは身体使って働いてっから、味の濃いもんがいいのさ。釣りや将棋《しょうぎ》をして暮らしている御武家の口には合わねえよ」

ううむ、と圭次郎は唸《うな》ったのち「いや」と口を開いた。だてに両国界隈《かいわい》でしょっちゅう飯を食ってきたわけではない。

「わたしは濃い味が好みだから、大丈夫だ。煮豆と、あと、しょっぱいものはなにがあるのだろうか」

「金山寺味噌《きんざんじみそ》とらっきょう漬け、梅干し、しそ漬け、それとしらすやあさりの佃煮だね」

「では、しらすの佃煮をもらおう。それと飯は、ないだろうか」

「ねえよ。飯なら飯屋だ」

佃煮を経木《きょうぎ》に詰めながら、吉三は首を振る。その向こうから、

「ちょいと、おまえさん」赤子を背負い、鉢を手にした女がやって来た。

「聞こえてたよ、飯の一杯くらい分けてやったってかまいやしないだろう、どうせ、炊きたてがあるんだからさ」

「ちょっと、待て、おみね、おれはおまんまのために稼いでるんだぞ、気安く分けられるもんか」

「お隣さんのよしみだ、いいだろう。お侍さん、一杯八文でどうだい」

なんだ、と吉三がつぶやく。

「そういうことか」

圭次郎は苦笑しつつ、頷いた。

「ああ、いい、飯があれば助かる」

「飯碗があるんなら、お持ちなさいな。ついでに小鉢もあればいいね。経木に詰

めなくてもすむ。ああ、おつけも飲みたければ四文、納豆汁《なっとうじる》だけどね」

「わかった、持ってくる」

圭次郎は慌てて家に戻ると、すぐに飯碗に汁椀、小鉢を箱膳の蓋に載せて持って来た。おみねはそれを受け取ると、奥へ入って行く。

湯気の立った朝餉《あさげ》に、圭次郎はほっとして金を払う。

「こんなんでよければ、いつでもどうぞ」

笑顔になったおみねに頷き、圭次郎は両手で蓋を持つと、そっと身体をまわした。と、その足を止めた。娘が戸口に立っている。地味な身なりだが、武家の娘であることがわかる。同い年くらいだろう。

「あら、涼音《すずね》さん、どうぞ入っとくれ」

おみねの声で、娘は中へと入って来た。

圭次郎が慌てて横に引くと、涼音は小さく会釈をしながらちらりと見た。

おみねは圭次郎を手で示すと、

「知っているかい、昨日、お宅のお向かいに入ったお人だよ、おんなじ浪人さんだろう、ええっと、なんてったかね」

「平石圭次郎と申します」

向かいのお人か、と圭次郎は目を合わせて会釈をした。が、涼音は半歩、うしろに引くと、会釈をしつつも上目《うわめ》で圭次郎を見た。明らかに警戒の色だ。声も硬い。

「父は津田弥右衛門《つだやえもん》と申します」

年頃の娘だ、無理もないか、と思いつつ、圭次郎はつとめて穏やかに言った。

「はあ、そうですか、では、改めて挨拶《あいさつ》に伺います」

涼音は黙って再び小さく頭を下げると、つっと中に進んだ。入れ違いに圭次郎は外へと出る。

「今日はなんにしましょうかね」

「しらすの佃煮と煮豆、それとらっきょう漬けをください」

女二人の声が背中に聞こえてきた。

昼近く、二階にいた圭次郎に、下からの声が届いた。

「兄上、おられますか」

紗江だ。階段を下りていくと、すでに土間に立っており、中間の佐助が風呂敷包みを上がり框に置いたところだった。

「なんだ、それは」

包みの中から板が現れる。

紗江がそれを手に取り、圭次郎に向けると、墨で書かれた文字を読み上げた。

「腕貸します。代書、絵、算盤《そろばん》、剣術、ひらり圭次郎」

「はあ、なんだこれは」

目を丸くして身を乗り出す圭次郎に、紗江はにっこりと笑った。

「これは父上のお考えです。これからは稼いで身を立てねばならぬゆえ、できることをせよ、と」

「できること……しかし、算盤は苦手だぞ」

「なれど、父上の仰《おお》せでお習いになったのでしょう、いつでも養子に行けるようにと。大丈夫です、きっとそれほど難しい仕事は来ません」

「む、それはそうか……しかし、なんだ、このひらり圭次郎という名は」

「あら、兄上はお仲間からそう呼ばれているのでしょう。東吾様が見えたとき、庭から、ひらりの圭次郎、おるか、と言っていたのをわたくしも聞きました」

東吾も七之助も、屋敷に勝手に入ると庭から上がってくるのが常だった。

「それはそうだが、平石の名が呼びにくいのと、剣の動きでそう呼ばれるようになっただけだ」

「はい、父上もそれはご存じでした。なれど、圭次郎は勘当の身、平石の名をこれ以上傷つけぬためにも木札には書くな、と仰せられたので、わたくしが考えたのです。お気に召しませんか、よいと思うのですけど」

紗江が笑むと、へへへ、と佐助が身体を揺らして笑った。

「いいじゃないですか、御家名を背負うよりも気楽ってもんでしょう」

二人の笑顔に、圭次郎は寄せていた眉を開く。

「まあ、そう言われれば、な。勘当されたのだから、平石家とは無縁になったわけだし、名はどうでもよいか」

勘当は言葉だけのことではない。人別帳《にんべつちょう》には家主《いえぬし》とその家族、一人ひとりの名が記され、管理されている。町人であれば寺や町名主に人別帳が置かれ、幕臣であれば、公儀がそれを管理する。正式に勘当する場合には、人別帳の管理者にそれを届け出ることになっており、勘当される者の名が抹消《まっしょう》される。それによって、その家の者とは無縁となり、無宿人《むしゅくにん》扱いとなるのだ。

「さ、では外に吊しましょう」

紗江は袂《たもと》から紐《ひも》を取り出すと、木札の上に開いた穴に通す。

「どこに吊すというのだ」

外へ出る紗江と佐助に続いて、圭次郎も出る。

「ここがいいわ」

紗江が軒下《のきした》の小さな梁《はり》を指さすと、佐助が札を受け取って紐をかけた。

「こんな物で客が来るのか」

揺れる木札を見て、圭次郎は苦笑する。

「あら」と、紗江が振り返った。

向かいの家の前で、涼音がこちらを見ている。

小走りで寄って行くと、紗江は涼音にお辞儀をした。

「平石紗江と申します。兄の圭次郎が、こちらで暮らしますゆえ、なにかとお世話になるかと思いますが、よろしくお願い申し上げます」

まあ、と涼音が強ばらせていた頬を弛《ゆる》めた。

「妹さんですのね。わたくしは津田涼音と申します。あなた様のようなきちんとした妹御《いもうとご》がおられるとは……いえ、ごめんなさい、どのようなお方かと案じていたものですから、安心いたしました。こちらこそ、よろしくお願いいたします」

涼音は笑みを浮かべて、お辞儀を返す。

圭次郎はほっと、肩の力を抜いた。警戒されるのは、居心地が悪い。

そのうち、父君に挨拶に行こう……。そう思いながら、圭次郎は改めて周囲を見まわした。左隣の家はまだ顔を合わせていない。中から、なにやら打っているような音がする。

津田家の両隣も、まだ顔を知らない。

まあ、追々、挨拶すればいい……。圭次郎は顔を巡らせた。と、その目が道の隅で止まった。

一人の武士が立ってこちらを見ている。

なんだ、さっそく客か、いや、早すぎるだろう……。圭次郎が見つめると、その男は顔を逸《そ》らせた。素早く踵《きびす》も返し、表の道へと消えて行く。

「兄上」

戻って来た紗江が笑顔で向かいを見る。

「涼音さんはよいお方ですね、ここに来る楽しみが増えました」

「来る……また、来るつもりなのか」

「ええ、もちろん、わたくし、町を見たくてたまらなかったんですもの。今日も伯母上がようすを見てくるようとおっしゃったから、堂々と出て来られたのです。

兄上が勘当になってくださったおかげです」

「そうか」

うれしそうな妹に、圭次郎はしかたなく笑う。

「若さん」

佐助が懐に手を入れて、にっと笑った。

「紫乃様から巾着を預かってきました。うまいものを食べさせてやってくれと言われましたんで、行きましょう」

「まあ」紗江が跳ねる。

「なれば、両国の広小路に参りましょう。芸人もいるのでしょう」

紗江に袖を引っ張られて、圭次郎は表通りへと出た。

おや、と目が横に向く。

人混みのなかに、先ほどの武士の姿が見えたような気がした。立ち止まり、振り返る。が、その姿は見つからなかった。

第二章　思わぬ客

一

空になった飯碗《めしわん》を置いて、圭次郎はしみじみと小鉢や皿を見た。ここに来てから数日、朝飯は隣で買うのが常になった。そのたびに母からもらった巾着《きんちゃく》を開いて銭を出し、軽くなっていくのを手で感じる。圭次郎はたくわんを噛みながら、家での食事を思い出していた。一度も考えたことはなかったが、米も味噌《みそ》も菜も、家で買っていたのだな……。

圭次郎は着物の袖口《そでぐち》を見る。ほつれたところを母が繕《つくろ》ったあとがある。兄二人のお下がりであるため、すでに張りもない。

しかし、と圭次郎は帯に手を当てた。そのお下がりさえ、この先、まわってくることはない。着物もいつか、買わなければならないのだ。が、買うほど稼げるのか……。そう思うと、息が洩れた。なるほど、厄介《やっかい》と言われてもしかたのない者だったのだな……。

碗や皿を片付けていると、戸の向こうから女の声が上がった。

「もうし、ちょいと頼みがあるんですけど、いますか」

ああ、とあわてて戸を開けると、町人の女房らしい女が飛び込んで来た。

「おやまあ、ずいぶん若いんだね」

そう言いながら、勝手に上がり込む。座敷で抱えていた風呂敷包みを広げると、中から大福帳《だいふくちょう》を取り出した。

あっけにとられながらも、圭次郎が向かいに座ると、女はその大福帳をずいと差し出した。

「あたしはとみっていうんですよ。亭主は上総屋《かずさや》っていう小さな乾物屋《かんぶつや》をやってましてね、これがそのお店《たな》の大福帳」

はあ、と圭次郎はそれを引き寄せた。

大福帳は店の大事な帳簿であり、気安く外に持ち出したりはしないことは、圭次郎も知っている。

「それ、算盤《そろばん》してくださいよ。どれだけ儲《もう》かっているのか、それだけでいいから」

おとみが身を乗り出して、開く。中には、ぎっしりと仕入れや売り上げ、掛けの額などが記されている。

「しかし、おとみさん、わたしがそこまで知ってもいいんですか」

「いいんですよ、あたしは算盤ができないから、やってもらうしかないんだ。ぼやぼやしてると亭主が戻ってきちまうから、早くやっておくんなさいな」

では、と圭次郎は文机《ふづくえ》に大福帳と算盤を置き、弾きはじめた。これくらいなら、わたしにもできる……。

とりあえず三ヶ月分が明らかになると、圭次郎は筆を執《と》って、利益の額を書き出した。

「ここからここまでで、これだけ、儲かってますね」

おとみは紙をひったくるように取り、目の前に掲げる。

「やっぱり」その手が震える。

「儲けがない儲けがないって、毎日言うからそれを信じてきたのに」

口まで震わせて、おとみは紙を握りつぶす。と、その顔を圭次郎に向けた。

「うちの亭主、外に女がいたんですよ。こっそり教えてくれた人がいて、あとを付けたら、小唄《こうた》のおっ師匠《しょ》さんを囲っていやがった」

「ほう、それは……」

どういう顔をしたらいいものか、圭次郎は困惑しつつ頷《うなず》く。

おとみの目はみるみる潤《うる》んで、つっと涙が落ちた。

「儲かってないなら、そんなことできるはずがない。そいじゃ、これまでの話は嘘だったんじゃないかって……だから、こうして、持って来たら……」

涙は次々あふれ、顔に流れて光る。

「ああ、もう、悔《くや》しいったら」

おとみは畳を叩く。

圭次郎は文机に向き直って、再び算盤をはじいた。

泣き声を聞きながら、帳簿をめくり、半分までを終えた。

「続きはこうなります」また紙に書いて渡す。

「全部、やりますか」

おとみは袖で涙を拭《ぬぐ》いながら、紙を受け取った。それを見て、また涙があふれる。が、それを拭うと、大きく首を振った。

「いえ、これでけっこう。こんだけ突きつければ、ぐうの音《ね》も出ないでしょうよ」

おとみは懐《ふところ》から巾着を取り出す。

「頼んでよかった、礼はいくらでしょう」

圭次郎は腕を組む。まったく考えていなかったことだ。

ううむ、と唸《うな》る圭次郎に、おとみは巾着から金《きん》の粒を取り出した。

「これでどうでしょう」

二朱金が置かれる。

「ああ、充分です」

圭次郎はそれをつまむと、大福帳を返した。

風呂敷で包んだそれを抱え、おとみは「ふぅっ」と息を吐き出して立ち上がる。

戦《いくさ》に出る武士のようだな、と圭次郎は見上げた。

足音を立てて出て行くおとみの背中を、圭次郎は頷きつつ見送った。

夕刻。

再び戸の向こうから声が上がった。

「おうい、ひらりの圭次郎、いるか」

言いつつ、戸が開く。金井東吾だ。

「おお、よくここがわかったな」

「いたか」東吾が座敷に上がってくる。

「いや、そなたの屋敷に行って、勝手門からこっそり入ってな、佐助に聞いたのだ。勘当《かんどう》になったと聞いてすぐに来たかったのだが、さすがに外に出にくくてな」

「それはそうだろう、叱《しか》られたろうな。七之助はどうした」

「ああ、七之助は大目玉を食らって、謹慎《きんしん》を命じられたらしい。当分は出歩けんだろう。うちはそれほど厳しくないから、もう解禁だ」

「そうか」圭次郎はほっとして、友の顔を見た。

「斬《き》られた佐吉はどうなったか知っているか」

「ああ、大丈夫だったそうだ。来る途中で矢場《やば》に寄って来たんだがな、主《あるじ》の久兵衛さん、おふじちゃんとの仲は認めてなかったのを、こたびの件で許すことにしたそうだ。瓢簞《ひょうたん》から駒《こま》、だな」

「へえ、そいつはよかった。あの浪人らはどうした」

「うむ、あの二人は行方《ゆくかた》知れずだそうだ。どこか遠くに、逃げたんだろうよ」

「そうか、それもよかった。捕まってお白州《しらす》に引き出されたら、我らにも呼び出しがかかるだろうしな」

「うむ、そうなれば、また叱責《しっせき》だ。いや、しかし……まさか、勘当とはな……」

東吾に見つめられ、圭次郎は苦笑する。

「いや、まあ。勘当となれば、この先、なにがあっても家に迷惑をかけることはないからな、気が楽だ」

重罪を犯せば、家族も連座させられるのが常だ。が、勘当された者は家族とは無縁となっているため、誰も連座にはならない。

「だが、そなた」圭次郎は小首をかしげた。

「なぜ、名乗り出たのだ」

「ああ、それは……逃げおおせたものの、どうにも気になってな、そなたらも逃げられたのかどうか、と。で、矢場にこっそり戻ってみたら、南町の同心が来ていて、皆に話を聞いている。話では、そなたが捕まり、辻番所に連れて行かれた、というから、これは大変だ、と思ったのだ」

東吾は上目《うわめ》になる。

「まずかったか」

「ああ、いや」圭次郎は首を振った。

「八丁堀《はっちょうぼり》が真剣に聞き込みをすれば、いずれ我らの身元は割れただろう。それにそなたが話をしてくれたから、わたしはお咎《とが》めなしとなったのだ」

「だが、そなたは誰の名も言わなかったそうではないか」

「まあ、それは……それぞれに家名があるからな。しかし、牢《ろう》屋敷に移されて責《せ》め問《ど》いでもされれば、あっけなく白状しただろう。よかったのだ、これで」

「いや、そなたは腹が据わっているから粘ったことだろう、わたしが名乗り出ないほうがよかったかもしれん」

「それほど据わってはおらん」圭次郎は笑った。

「牢屋に入って初めてわかった、長くいたいところではない」

「そうか」東吾も笑い、

「ああ、そうだ、饅頭《まんじゅう》を買ってきたのだ」

　懐から包みを取り出した。

「おう、それはありがたい、水を汲《く》んでこよう」

　台所の瓶《かめ》から水を汲んで来ると、互いの前に茶碗を置く。圭次郎は水を喉に流し込み、饅頭と交互に口に入れた。

「家にいたときには、茶をありがたいと思ったことはなかったが、ここで暮らしていると茶が恋しくなる」

「ふむ、なるほど。いろいろと不便だろうな」

「いや、飯は隣の煮売り屋でまかなえるし、湯屋も近い。あと、茶の入れ方を覚えれば、不足はないさ」

「そうか、しかし、稼いでいかねばならんだろう、表の木札を見たが、あんなので客が来るのか」

「いや、今日、来たのだ、初めての客が。大した仕事ではなかったのに、二朱、入った」

圭次郎はおとみのことを話す。

「へえ、算盤で二朱とは、気前がよいな」

「ああ、気が立っていたせいもあるかもしれんが、口止め料も入っているのだろう。こちらは毎日の飯代で、あっという間に銭が減っていくからな、助かった」

「へえ、そういえば」東吾は戸口へと顔を向けた。

「わたしが来たときにも。侍が一人、あの木札をじっと見ていたぞ」

「侍……そうか、客になるかもしれないな。この先、飯代を稼いでいかねばならんからな、何でもやるつもりだ」

　圭次郎は饅頭を頬張りながら、胸を張った。

二

　外をぶらぶらと歩いてきて、圭次郎は家へと続く路地を曲がった。煮売り屋とは逆のほうから入ったために、トンカンという音が聞こえてくる。左隣の家だ。

　圭次郎はいつものようにそっと覗《のぞ》く。戸口近くの明るい場所で、二人の男が銀を打ち伸ばしたり、曲げて細工をしたりしている。うつむいて作業をする真剣さに、未だに声をかけることができていない。

　圭次郎が前にさしかかると、一つの音がやんだ。手を止めた男が、顔を上げる。目が合った圭次郎は立ち止まると、そちらに向き直った。

「こんにちは。あの、わたしは……」

「ああ、隣に来たお人だろう」男が手招きをする。

「ひらりさんというんだっけか」

「いや、あれは」圭次郎は敷居をまたぎながら、苦笑した。

「真《まこと》の名は平石圭次郎でして、ひらりはいわば仲間内の呼び名のようなもの……」

「ああ、そんならひらりでもいいじゃねえか。隣なんだから仲間と同じだ。まあ、町人なんぞとは付き合えねえってんなら、話は別だけどよ」

圭次郎は「いえいえ」と手を振った。

「この地で仲間にしてもらえるのならありがたいこと。よろしく頼みます」

会釈《えしやく》をしながらもう一人の男を見る。こちらには目もくれずに、銀を打っている。

男はそちらを目で示して言う。

「ああ、あっちのは兄貴で金次《きんじ》ってんだ。あっしが弟で銀次《ぎんじ》、見てのとおり錺《かざり》職人《しよくにん》で、このうちに二人暮らしさ」

「そうですか、わたしも一人暮らしです」

銀次は二十代半ば、金次はそれより三つほど上というところか……、そう考えながら兄弟を見る圭次郎に、銀次がまた手招きをする。

「もっと、こっちへおいでなさい」

はあ、と圭次郎が近寄ると、銀次は首を伸ばして腰の長刀の柄《つか》を覗き込んだ。

「いい小柄《こづか》だな」

柄には小柄が差し込んである。そのつぶやきに、それまで黙々と銀を打っていた金次が手を止めた。「どれ」と、膝ですり寄って来た。

「見ますか」

圭次郎は長刀を腰から抜くと、その柄を顔の前に差し出した。

「お、いいのかい」

さらに顔を近づける銀次らに、圭次郎は小柄を抜いて渡した。

金次が手を伸ばし、それを指先でつかむと、二人の目の前に掲げた。

圭次郎は気にも留めてこなかったものだが、小柄には竹の模様が細工してある。

「ほう、ここの枝の細工がいいな」

「ああ、透《す》かしの手が込んでる」

二人は角度を変えながら、見入っている。

へえ、大した物ではないと思っていたが……。圭次郎は改めて刀を見た。代々家に伝わる物の一振りで、兄二人はもっとよい刀を与えられている。

「いいものですか」

そう問う圭次郎に小柄を戻しながら、銀次は頷いた。

「ああ、職人の気概《きがい》が入っている。値が張る物じゃねえが、いい仕事だ」

へえ、と小柄を差し戻す圭次郎を見上げて、金次が小首をかしげた。

「お侍さん、前にいた友井《ともい》の旦那《だんな》とは知り合いで」

圭次郎も首をかしげ返す。

「前……前に住んでた人も侍だったんですか」

「そうさ、友井左衛門《さえもん》、知らねえか。いや、浪人だったんだけどよ、いきなりいなくなっちまったから、ちと気になってたんだ」

「いなくなった、とは、急にですか」

「ああ」銀次も見上げる。

「なんにも言わずにいきなり消えちまってな。荷物もそのまんまだったから、心配したんだけどよ」

「戻って来なかったんですか」

「ああ、来なかった。家主《いえぬし》が荷物を売っ払ってそれでしまいよ」

兄弟は肩をすくめた。

「験《げん》が悪いっちゃ悪いからよ、まあ、気をつけるこった」

金次が言うと、銀次は肘《ひじ》で突いた。

「兄貴、おどかしちゃかわいそうだぜ、まだ若いんだからよ」

圭次郎は小さく笑ってみせる。

「いやぁ、験と言われても、家のせいではないでしょう」

「ああ、そうだな、悪かった、気にしないでくれ」

金次が手を振る。それがまるで追い払うようなしぐさにも見えたため、圭次郎は小さく会釈をした。

「邪魔をしました、では」

踵《きびす》を返して出ると、すぐにまたトンカンという音が鳴りはじめた。

圭次郎は家の戸に手をかけると、ふと上を見上げたが、すぐに肩をすくめ、勢いよく戸を開けた。


夕刻。

飯屋に行こうと、戸を開けた圭次郎は、「わっ」と声を洩らした。脇の木札の下に、一人の侍が立っていたからだ。以前、見かけた侍だ。

侍は向き直り、

「ああ、これは、ひらり圭次郎殿であられるか」

小さく会釈をした。

「ああ、はい、さようで」

武士が相手であれば、平石の名は出さないほうがよいだろう、と父の顔を思い浮かべながら頷く。侍は木札を指でさす。

「この札によると、腕を貸してもらえるそうだが、足や知恵を借りることもできようか」

「は、それはどういう……」

小首をかしげる圭次郎の前を通って、侍は家の中へと入って来る。

「話をさせてもらおう」

「ああ、はい、では」

圭次郎の頷きに、侍は草履《ぞうり》を脱ぐと、二階へと続く階段を見上げた。

「上に上がってもよろしいか」

「あ、どうぞ」

手を上げる。右からは子供の声、左からはトンカンという音が響いてくるなかでは、確かに二階のほうがいい。

二間ある二階の奥の部屋で、侍は端座《たんざ》した。向かいに腰を下ろした圭次郎を改めて見つめると、一つ、咳《せき》を払った。

「いや、木札を見かけたときから、頼もうかと考えていたのだ」

「そうでしたか」

かしこまりながら、圭次郎も改めて相手の顔を見る。歳は三十の半ばくらいだろう。眉間《みけん》には浅いながらも皺《しわ》が刻まれている。

「調べごとをしてほしいのだが」

ひそめた声で首を突き出す侍に、圭次郎の声も低くなる。

「調べる、とは、なにをですか」

「うむ、石問屋を探ってもらいたいのだ」

「石問屋……」

圭次郎が目を見開くと、侍は上目になった。

「そなた、異国船のことは知っておるか」

さらに目を開きつつも、圭次郎は頷いた。

「あ、はい、つい先月、英吉利《えげれす》の船が浦賀《うらが》に来たということを聞いています。三年前には、やはり浦賀に亜米利加《あめりか》の艦隊がやって来たという話も、聞きました」

「ふむ、そのとおり。五年前には仏蘭西《ふらんす》の船が琉球《りゅうきゅう》に来たし、阿蘭陀《おらんだ》の船は長崎にまで来ている。さらに亜米利加の船は、いくどもこの江戸の海にまで入り込んできている。ゆえに去年、品川《しながわ》に砲台を築いたのだ」

「はい、築いている最中とできあがったあとに、見に行きました」

東吾らと三人で見に行ったのを思い出す。

「む、そうか」侍は顔を上げて圭次郎をまじまじと見る。

「なればわかるであろう。砲台を築いたり、護岸をより強固にするために、江戸では普請《ふしん》が続いている。そのために、多くの石が運ばれてくるのだ。遠国《おんごく》の大名からも、石が上納されている」

「なるほど、石問屋が忙しくなっているわけですね」

「そうだ。石は船で運ばれ、大川《おおかわ》河口に近い海辺の石場に集められる。御公儀から役人も見まわりには行くが、石の扱いは石問屋にまかせてある。しかし、出入《でい》りする物の量が増えれば、管理が杜撰《ずさん》になりかねない」

圭次郎は頷きつつ、侍の身なりを見た。羽織袴《はかま》はよいものだ。幕臣なのだろうか、それともどこかの藩士なのか……。

侍は声をさらに抑えて言った。

「石問屋は七軒、御公儀から株を与えられ、商いをしている。店は多くが石場の近くだ。そのうちの一軒に、富士見《ふじみ》屋という石問屋があるのだ」

「富士見屋……そこを調べるのですか」

圭次郎の問いに、侍は頷く。

「さよう、御公儀の普請のために運ばれてきた石が、町に流れている、という噂《うわさ》がある。富士見屋は妙に羽振《はぶ》りがよい、という話もあるのだ」

「では、その富士見屋が、石を横流ししているかどうか、ということを調べるわけですね」

侍は口を結んで、ゆっくりと頷く。

さて、どうしたものか、と圭次郎は腕を組んだ。探索などしたことはない。なにをどうすればよいのか……。

侍は懐から、小さな紙の包みを取り出した。

「これは支度金だ。動くにはものがいるであろうからな。一分金《いちぶきん》が四枚入っている」

え、一両ではないか、と圭次郎は腕をほどいた。手を伸ばし、途中で止め、また伸ばして、包みの上で止める。

侍は口の端を上げた。

「調べたあとには、報酬《ほうしゅう》に二両出す。どうか」

二両……となれば、家からもらった金をこれ以上減らさずにすむ……。

「はい」と、圭次郎は包みを手に取った。

「やります」

やってみれば、なんとかなるだろう……。

「そうか、では頼んだぞ」

腰を上げようとする侍に、圭次郎は慌てて声をかけた。

「あの、お名前をお聞きしてもよろしいですか」

「名か……そうさな、鴨《かも》とでも呼んでもらおう」

「鴨様、ですか」

「そうだ、春に来て秋にいなくなる鴨だ、そんなものと思ってもらえばよい」

「はあ、あの、調べたことはどのようにお伝えすればよいのでしょう」

「ふむ、七のつく日の申《さる》の刻（四時）、ここに参る。今日は十一日だから、次は十七日だ。それでよいか」

「はい、承知いたしました」

頷く圭次郎に、鴨は立ち上がり、音を立てずに階段を下りていった。

三

翌日。

身支度を終えて、圭次郎は家の戸を開けた。と、「おっ」と声を上げた。木札を見上げる若者が立っていたからだ。大きな袋を肩に担《かつ》いでいる。

「あ、おはようございます」

頭を下げる相手に、圭次郎も返す。

「おはようございます。一之介《いちのすけ》殿、でしたな」

向かいの津田家の長男だ。先日、挨拶《あいさつ》に行った折に、姉の涼音から引き合わされ、名を聞いていた。

〈今年、元服《げんぷく》しました〉

そう胸を張る一之介の横で涼音は、

〈元服などと、浪人の家では形ばかりですが〉

柳の葉のような眉を小さく寄せて、顔を伏せた。

目の前の一之介は、木札を指でさした。

「剣術をなさっておいでなのですね、流派はどちらですか」

「ああ、柳生新陰流《やぎゆうしんかげりゆう》だ。一之介殿は道場に行くところと見えるが」

圭次郎は一之介が担いでいる袋を目で示した。稽古着《けいこぎ》が入っていることは、武士ならひと目でわかる。

「はい、わたしは天然理心流《てんねんりしんりゆう》の修練をしております」

胸を張り、朗《ほが》らかに上背のある圭次郎を見上げる。

「ほう、感心だな」

「いえ、武家であれば当然のこと。お家を再興するためには、文武両道を修めるのが必須と心得ています」

言いながら、一之介はちらりと目を家に向けた。

開け放たれた戸口の近くの座敷で、父の弥右衛門が筆を作っている。細かな仕事には、明るさが必要らしく、いつ見ても弥右衛門はそこにいた。

一之介は恥ずかしそうに顔を赤くして、目を空に向ける。

「父の生まれた屋敷には、立派な門があったそうです。わたしはそういう屋敷を、この手で建てるつもりです」

「ほう」

圭次郎は心底、感心し、一之介のつややかな頬を見た。人はへんに恵まれないほうが、よい志を持つのかもしれないな……。

「一之介」

そこに声が飛び込んだ。

家から涼音が出て来る。

「なにをしているのです、早く道場に行かねば遅れますよ」

「はい」姉にぺこりと頭を下げると、

「行ってまいります」

と、踵を返した。

涼音はそれを見送り、圭次郎に小さく会釈をした。

「すみません、家にも聞こえてまいりました。元服して気概が高まったせいか、よけいなことを申しまして」

「ああ、いや、若いのに立派なものです。一之介殿なら、いずれ必ずや、仕官がかないますよ」

「はあ」と、涼音の目元が弛《ゆる》む。

「そうなればよいのですが。父はどうにも、無欲なものですから」

涼音が父を見る。

圭次郎が挨拶に行ったさいにも、弥右衛門は穏《おだ》やかに頷いただけだった。なにか不届きをして浪人の身となった、という人柄には見えない。が、はっきりと訊《き》くのも憚《はばか》られる。

「もとから江戸におられたのですか」

「いえ」涼音は首を振る。

「わたくしや一之介は江戸で生まれたのですが、父は紀州《きしゅう》の出なのです」

「紀州、ですか」

「はい、津田家は紀州新田藩《しんでんはん》の藩士だったのです。ですが、文化《ぶんか》の頃、新田藩は御領主様の跡継ぎが絶えたためにお取り潰《つぶ》しとなり、父が七歳の折に、江戸に来たそうです」

「なるほど、そうでしたか」

仕官を求めて江戸に下ったものの、かなわなかったのだろう。

「父は手仕事が得意であったために、若い頃から筆作りをはじめたそうです」

江戸の浪人は筆作りをする者が多い。丁寧《ていねい》な仕事でよい筆を作るため、京や大坂でも評判がよく、よい値で買われていく。

「そうでしたか。得意なことがあって、それを仕事に生かせるというのは、羨《うらや》ましいことです」

「なれど……」涼音の眉が歪んだ。

「武家には武家にふさわしい仕事があるはず。なんとしても津田家を再興せねば」

独り言のようにつぶやいて、涼音は父を振り返った。

そうか、と圭次郎は得心する。一之介殿のお家再興への志は、涼音殿によって育《はぐく》まれたのだな……。

「あら」と、涼音は口に手を当てた。

「わたくしまでよけいなことを。すみません、足止めをしてしまいました」

礼儀正しく、頭を下げる。

「いえ、よいのです。向かい合ったのも縁というもの。こうしてお付き合いできるのはうれしいことです」

圭次郎が微笑《ほほえ》むと、涼音も笑みを返した。

では、と歩き出しながら、圭次郎は目元の笑みを収めようとした。が、むしろ口元まで弛んでくる。腕を振って、圭次郎は空を見上げた。

大川の河口に架かる永代橋《えいたいばし》を渡って、圭次郎は深川《ふかがわ》の町へと入った。右のほうは海だ。

たしか、あちらだったな……。深川界隈《かいわい》は東吾らといくども歩いたので、土地《とち》勘《かん》はある。町の外れに、大きな石問屋があったのも覚えていた。

圭次郎は道行く男に声をかける。

「富士見屋さんはこの辺りと聞いたのだが」

「へえ、そこの辻を右に曲がったとこですよ」

「そうか、主は店にいるだろうか。なんという名だったたか、確か……」

「作兵衛《さくべえ》さんですよ。いるかどうか、わかりませんがね」

「ああ、そうだった、いや、とにかく行ってみる。かたじけない」

圭次郎は礼を示して歩き出す。主の名は作兵衛か……。名を口中で繰り返しながら辻を曲がる。

曲がってまもなく、あった、と圭次郎は看板を見上げた。富士見屋と書かれた文字を読む。

広い間口には手代《てだい》や職人ふうの男達が出入りをし、大声も飛び交う。が、石は置いていない。

圭次郎は店の脇へとまわって行った。黒板塀《くろいたべい》が巡らせてあるが、隙間から中が見える。内側は広く、地面に多くの石が積まれ、並べられている。上には屋根が張られているため、日陰だ。その下で石工《いしく》と見える男達が、前だけを覆《おお》う腹掛けと股引姿《ももひきすがた》で働いている。人々の向こう側に、広く開いた裏口があるのも見てとれた。

皆の手が止まった。

店から人が出て来たせいだ。

恰幅《かっぷく》のいい壮年の男が、会釈をする男達のあいだを歩く。

「旦那様」と呼びかける声が聞こえる。

あれが主の作兵衛か……。圭次郎はその姿を目で追った。

「手を休めるんじゃないぞ」

作兵衛の声が、響き渡る。

目を塀につけていた圭次郎は、はっとして顔を離した。背後に男が近づいて来る気配を感じたからだ。

男はすぐうしろに立った。

「もし、なにか御用で」

男は顎《あご》を上げ気味にして、圭次郎を見た。その頬から顎にかけて、刃物で切ったと見える傷跡がある。

店の手代なのか、いや、それにしてはガラが悪い……。圭次郎は穏やかな顔を作って見せた。

「いや、屋敷の修復をするのに、石を探すように命じられてな」

ほう、男は片目を眇《すが》める。

「なら、石屋に行っておくんなさい。うちは問屋なもんで、小売りはしてねえんでさ。この近所に石屋はたくさんありまさ」

男はくいと顎を上に向ける。

「そうか」圭次郎はそのようすを見て、

「では、行ってみよう」

と、歩き出す。

男がそこに立ってこちらを見ているのが、振り返らずともわかった。

圭次郎は次の辻を曲がり、男の目から逃れると、ほっと息を吐いた。

用心深いな、いや、覗いていれば怪しまれてもしかたはないか……。肩に力を入れて、圭次郎は店の裏側へと足を向けた。と、ちょうど裏口から人が出て来た。

二人の男が荷車を引いている。荷台には石が積まれ、うしろにも二人、それを押す男が付いている。

圭次郎が脇に退くと、荷車はその前を通って行った。北の方へ行く。

間合いを取って、圭次郎はそのあとを追った。

油堀《あぶらぼり》を渡り、荷車は深川寺町へと入る。寺が並ぶ一帯だ。

荷車は一軒の店で止まった。石屋だ。広い間口の上に、上州屋《じょうしゅうや》という看板を掲げている。

店からも男らが出て来て、石を下ろして店の中へと運ぶ。

やがて、空になった荷車は、来た道を戻って行った。

問屋が小売りの店に納品しただけか……。圭次郎はそう考えながら、店のようすを眺めた。と、中の男の一人が顔を上げ、目が合った。

おっと、と圭次郎は歩き出した。

少し歩いて、小さく振り向いた圭次郎はその足を緩《ゆる》めた。店から荷車が出て来て、こちらに向かって来る。

圭次郎は目の前の脇道に入ると、身を潜ませて荷車が通り過ぎるのを待った。

しばらくの間を置いて、道に戻ると、そのあとを付ける。

荷車は寺の山門をくぐり、境内《けいだい》へと入って行く。

圭次郎も少しの時を置いて、中へと入った。

境内の片隅に、石が積まれ、荷車から降ろされた石がその横に並べられているところだった。空になった荷車は出て行き、二人の男がそこに残った。

それを横目で見ながら、圭次郎はいかにも参拝《さんぱい》に来たように、本堂の前に進んで手を合わせた。

広い境内にはほかにも小さな堂宇《どうう》があり、圭次郎はそれらをゆっくりとまわって行く。そのうちの一つには、大工が集まっていた。取り壊しを行っているらしい。

圭次郎は辺りを見まわし、一人の男に目を留めた。箒《ほうき》を持って庭を掃《は》いている寺男だ。

ゆっくりとそちらに近づくと、圭次郎は寺男の横に立った。

「あのお堂は壊しているようだが」

あ、と寺男は手を止め、圭次郎が指さすほうを見た。

「ああ、法堂《はっとう》ですかい、そう、雨漏りするようになったんで、建て直すんですよ。せっかくだからもっと大きくしようということになって、普請のための用意をしているところで」

寺男が積まれた石を目で示すと、圭次郎は頷いた。

「なるほど、それであんなに石があるのか」

法堂は石の台座の上に建てられている。石はきっちりとした方形で、一分の隙もなく積み上げられているのが遠目でもわかる。法堂の横では、石工が丹念《たんねん》に石を削っている。

圭次郎は感心したふうに、寺男を見た。

「建て直すとなると、たいそうな費用がかかるのだろうな。石は高いと聞いたことがある、あれだけ使うとなると大変であろうに」

「ええ、たいそう、かかるらしいですよ」寺男は頷く。

「まあ、くわしくは知りませんが、御坊様らも御寄進を集めるのに難儀したそうですよ。富くじがあった頃には、普請代がすぐに集まったそうですけど、今となっちゃ、御寄進だよりですわ」

かつては、寺社の普請代のために富くじが売られたが、乱発と人々の熱狂が目に余るということで、天保《てんぽう》十三年（一八四二）に禁止とされていた。

寺男は積まれた石を目で示す。

「せっかく建て直しをするんだから、長く保たせにゃなりませんからね、いい石を注文したっていう話です。石も木材も上物《じょうもの》で造るってことです」

「ほう、それは大したものだ。できたらまた見に来ねば」

「へい、法堂ができたら、御信徒を呼んで法楽《ほうらく》もしますから、ぜひ、お越しなさいまし」

寺男が笑顔になる。

圭次郎も笑みを返すと「では」と、寺男の側を離れた。その足で、石工らのほうへ近づく。その気配に、石工の若者が顔を上げた。圭次郎は目を細めて、石を見渡した。

「いや、よい石だ」

石の良し悪しはわからない。はったりだ。

石工は「ほう」と胸を張る。

「石がわかるのかね、お侍さん」

「まあ、少し、屋敷の普請で石の手配をしたことがあるので」

圭次郎は微笑むと、石工は目の前の石を手でぽんと叩いた。

「うちは、ほかの石屋では扱わない上物が入るんでね、立派なお寺さんやお屋敷から、注文がくるんでさ」

「こらっ」

横から声が飛ぶ。年配の石工が、若者を睨《にら》み、

「よけいなことを言うんじゃない」

と、小声で叱る。

へい、と若者は肩をすくめると、再び石へと顔を伏せた。

圭次郎は、そっとその場を離れた。

四

はてさて、どうしたものか……。圭次郎は腕を組んで、永代橋を渡っていた。

昨日、富士見屋から追った石のことを思い返す。

ほかの石屋では手に入らない上物の石、とは、御公儀に納める石なのではないか。それこそが横流しの石なのではないか。しかし、それを証立《あかしだ》てはできない……。

橋を渡り終えた圭次郎は、そうだ、とつぶやいて海の方へ進んだ。河口から近

い海辺に石場があることはわかっている。

町を外れて海辺に行くと、広い石場に出た。多くの石が積まれ、そこに働く男達の姿があった。石を運ぶ者、置かれた石に楔《くさび》を打ち込む者、とさまざまだ。

圭次郎は遠目からそれを眺める。

海には桟橋《さんばし》が架けられており、船着き場となっていることが見てとれた。が、今日は船の影はない。

圭次郎はそっと近寄って行った。

男達は首に巻いた手拭いで汗を拭い、空を見上げる。

「もう屋根を張ってもらわにゃだめだな」

「ああ、雨も多くなってきたしな」

そこへ男が一人、駆けて来た。

「おうい、今、お役人様から聞いて来たんだが、明日の午後、伊豆《いず》からの船が着くそうだ」

「明日か」

「荷揚げは大丈夫か」

立ち上がる石工に、

「ああ、これから武蔵屋《むさしや》に行って、手配してくる」

男は背を向けて、町の方へ走り出す。

荷揚げ、そうか……。圭次郎はそっと、小さくなっていく男の背中を追った。

男は深川の佐賀町《さがちよう》へ入った。

この辺りは米問屋が多く、米を積んだ船が海から大川、そして細い川に入ってくる。問屋の裏に着いた船から、米俵《こめだわら》を運び上げるのが荷揚げ人足だ。米のみならず穀物、味噌《みそ》を扱う問屋などもあるため、荷揚げ人足を手配する口入《くちい》れ屋《や》も多い。

圭次郎は男が入って行った武蔵屋の看板を見上げた。口入という文字が、屋号の脇に書かれている。

いやしかし……。圭次郎は袴に二本差しという己《おのれ》の姿を見て、その場から離れる。

その足で、神田の古着屋へと向かった。

よれた着物に家で着替える。着流しに脇差しだけを差して、圭次郎は己の姿を見た。これで、金に困った浪人に見えるだろう。

圭次郎は裏口からそっと家を出た。向かいの津田家は戸口が開けっぱなしだ。

涼音や一之介にこんな姿を見られたくない。

早足で深川に戻ると、武蔵屋の土間を踏んだ。

「はい、いらっしゃい」

長い机の前に座る男が顔を上げると、圭次郎はつかつかと寄って行った。

「明日、石場に船が着くと聞いた。なので、荷揚げの仕事がしたいのだが」

男は圭次郎の上から下まで目を移し、

「ちょいと、腕を伸ばしてくださいな」

と、手を差し出す。

圭次郎が差し出した腕を、その手で手首から順につかんでいく。二の腕で手を離すと、にっと笑った。

「固いね、これなら大丈夫だろう。そいじゃ、名と所を教えてくださいな」

「えー」圭次郎は袖をまくり上げて、腕に力を入れて見せた。

「名は平井《ひらい》定次郎《さだじろう》、住まいは松屋町《まつやちょう》」

適当に答えると、口入れ屋はそれを書き留めた。

「はい、ようござんす。で、石場は知ってなさるんですね。じゃ、明日の昼に石場に行ってくださいい。水と弁当は持参でね」

「承知……いや、わかりました」

「ああ、それと」男が手を振る。

「その脇差しは置いていってくださいよ、預けるところはありませんからね。それと、腹掛けと股引を着けていってくださいよ」

「うむ、いや、わかりました」

圭次郎は大きく頷いて、店を出た。股引と腹掛けか、買いに行かねば……。


翌日。

曇天《どんてん》の下の石場に、船が着いた。

「あんた、初めてならここで待ってな」

そう言われて、圭次郎はむき出しの肩に風を感じながら、桟橋と船を石場から眺めていた。股引に腹掛けという姿に、はじめは気恥ずかしさを覚えたが、石場を歩くうち、すぐに馴《な》れた。

船に積まれていた石が荷揚げの男らによって次々と運び出され、荷車で桟橋をやって来る。青黒い肌の石が、三箇所に分けて積まれていく。

「そら、石を下ろすぞ」

待っていた圭次郎らが集められ、荷車から石を降ろしていく。

「せーの、と」

一斉に手が伸びる。

「そら、腰を入れるんだよ」

よろめきそうになった圭次郎に、声が飛んだ。

「はい」

素直に頷いて皆の動きをまねると、腰が据わった。

荷車は行ったり来たりを繰り返し、石は三つの山になった。

圭次郎は首にかけた手拭いで汗を拭いながら、合間あいまに、周囲に目を配る。と、その目が、引き寄せられた。

作兵衛だ……。

石場に入って来たのは、富士見屋の作兵衛だった。片隅に行き、男達に声をかけている。作兵衛は男達と、石の山に向かっている。

そちらを目で追うと、石の山にはいつのまにか木の札が立てられていた。そっと前にまわってみると、富士見屋、駿河屋《するがや》、下田屋《しもだや》と記されている。どれも石問屋の名だ。

問屋ごとに分けられていたのか……。圭次郎はその場から離れた。

石がまた運ばれてきた。が、それで終わりらしい。

やがて、帳簿を手にした武士が供連れでやって来た。

供の武士に石を数えさせ、記帳していく。

役人だな、と圭次郎はそのようすを眺めた。

石は材木石奉行《ざいもくいしぶぎょう》が管理をしている。奉行の下についている役人が、こうして現場にやって来るのだろう。

圭次郎は隣に立つ荷揚げ仲間を見た。三十は過ぎていそうだが、馴れた仕事ぶりで、腰を入れろと教えてくれたのもこの男だ。皆は虎吉《とらきち》と呼んでいた。

「虎吉さん、わたしは初めてなもので、助かりました」

圭次郎が話しかけると、男は陽に焼けた顔でにっと笑った。

「なあに、はじめは誰だってまごつくもんだ。けど、だんだんとコツがわかってくるもんさ。手で持つんじゃねえ、腰で持つんだ」

「なるほど、これで今日の仕事はしまいですか」

「いや、お役人の仕事が終わったら、石問屋に運ぶんだ。そっちで割ったり削ったりの作業をするのさ。でっかいのはここで割ったりもするがな」

「へえ、なるほどねえ、そのあとはどうなるんです」

「そらぁ、普請をする場に納めるのさ。今日の石は、品川の護岸に使うそうだぜ。そら、このあいだ砲台を造ったろう。その周りをしっかりと固めねえと、大砲を打ったときに崩れちまう、ってこった」

虎吉は胸を張った。

「ほう、なんでも知っていますね」

「ああ、石場は長いからな。問屋の連中、それにお役人とだっても顔なじみさ」

お、と虎吉は肘で圭次郎をつつく。

「あ、ほら、御奉行の笠井《かさい》様だ」

陣笠《じんがさ》を被った男が役人に近づき、言葉を交わしている。

「へえ、あのお方が材木石奉行ですか」

「そうさ、石が着く日にはこうしてお見えになることもある。ほかのお奉行様はめったに来ねえけどな、笠井様は熱心なお人なんだろうよ」

圭次郎は目を移す。材木石奉行は三人置かれていることは、知っていた。そのうちの一人が、今、目の先にいる笠井ということになる。

その笠井に、身なりのよい男三人が寄って行く。作兵衛がそのうちの一人であることを見ると、三人とも石問屋の主人なのだろう。

それぞれが笠井の前で、何度も頭を下げる。ほかの二人が離れてからも、作兵衛は笠井の横で、言葉を交わしているのが見てとれた。

「おい、運ぶぞ」

荷揚げの声が上がり、皆が動き出した。

圭次郎は富士見屋の石場へと駆け寄った。手代《てだい》が声を張り上げ、荷揚げに指図をしている。

荷車に青黒い色の石を積み上げながら、圭次郎は石の一つひとつを見た。どれも同じに見えるが、まじまじと見ると色や筋の入り方に違いが見てとれる。微《かす》かな違いだが、黒や青が強いものもある。数本の筋がうっすらと見える石もある。

圭次郎はそれらを目に焼き付けた。

「そっちの青石《あおいし》はこの荷車に積め」

富士見屋の石工が指を差すと、鮮やかな青緑の石を荷揚げが持ち上げた。

「珍しい色ですね」

圭次郎は言うと石工は「ああ」と得意げに顎を上げた。

「これは伊豆の青石だ。青石は伊豆や紀州、伊予《いよ》なんぞの限られた土地でしか取れない貴重品なんだ、大事に扱えよ」

へい、と皆は青石をそっと上に置いた。一番上に置かれたのは、削られていないなめらかな肌合いの石だ。

「さあ、運ぶぞ」

荷車が動きはじめる。

圭次郎は押しながら、なおも積まれた石の特徴を見続けていた。

五

家の窓際で、圭次郎は筆を執っていた。

調べたことを順に書き留めていく。

あとは、富士見屋の石がまた上州屋に売られるのを確かめればいい……。圭次郎はそう考えて、窓の隙間から空を見上げた。と、

「えっ」

思わず声を上げた。女の顔が覗き込んだからだ。

「ああ、いた」

女の顔が引っ込んで、こんどは戸口に現れた。

「代書を頼みたいんだけど。昨日も来たんだけどいなかったからさ」

女が男の背を押して、二人で入って来る。

「はあ、どうぞ」

圭次郎が答えるまもなく、二人は上がり込んできた。

「これを見てちょうだい」

女が懐から紙を取り出して、突き出す。

黒い線が三行と半分、書かれている。

最後に留三《とめぞう》、日付、そして、まつ殿と、それだけが文字で書かれている。

「離別状ですね」圭次郎はそれを受け取って、二人を見た。

「留三さんとおまつさん、ということですか」

「そうですよ、あたしがまつ」と膝で進み出る。

「この人、こんな三行半《みくだりはん》ですます気なんですよ」

「しょうがねえだろう、おれは字が書けねえんだからよ」

「ああ、だから、ここでちゃんと書いてもらおうじゃないの。書いてくださるんでしょう」

にじり寄るおまつに、圭次郎は身を引きながら「はい」と頷く。

まつは背筋を伸ばした。

「そいじゃ、こう書いてくださいな。あたしゃ、ちゃんとした三行半の文句をみんなに聞いて来たんだ、いいですか」

「はい、どうぞ」

圭次郎はあわてて筆を持って、新しい紙を文机に広げた。

まつが赤い唇を開いて、高らかな声を放つ。

「縁、薄きによって、このたび双方勝手により離別いたし候《そうろう》。そいでね、こっからが大事なんですよ、いいですか、はっきりと書いてくださいよ」

まつが膝を進め、圭次郎の持つ筆の先を指でさすと、声をさらに高めた。

「今後、何方《いずかた》に再縁いたし候とも、ず、ず……」

「随意《ずいい》ですか」

「ああ、それそれ、随意とされたし。私方に二心なし。ね、お侍さん、これで、あたしが誰と縁組みしようと文句は言わない、てことになるんでしょ」

「はい、そうなります」

「よし、じゃそれで終わり、あとは留三、そいで日付はそのまんまでけっこう、最後、まつ殿、と書いてくださいな」

圭次郎は言われたとおりに書いていく。

離別状は男から女に渡すという形式だ。それによって、離縁が成立し、女が再嫁《さいか》しても重婚にはならない。

おそらく、と圭次郎はまつを横目で見た。再縁の当てがあるのだろうな……。

「はい、できました」

圭次郎は書いた紙をまつに差し出す。

受け取ったまつは初めて顔を弛めた。

「ああ、よかった、これで安心だ」

その顔を引き締め、離別状を留三の目の前に突きつけた。

「いいね、おまえさん、これで文句なしだよ。この先、なにがあろうとつべこべ言わないでおくれ」

「わ、わかってらい、誰が言うもんか」

留三が顔を赤くする。

「まったくこの人は……」まつは離別状を懐にしまいながら、圭次郎を見る。

「すぐにかっとなって、すぐに気が変わるんですよ。けど、これでもうおしまい、あー、せいせいした」

腕を伸ばす元の女房を、留三はうつむいて上目で見ている。

「あ、お礼しなけりゃ。いくらです」

巾着を取り出すおまつに、圭次郎は「ううむ」と唸った。

「紙一枚だし、払える分でかまわないが」

おまつは巾着から一朱金を取り出すと文机に置いた。

「紙一枚でこの先が変わるなんて、人世《じんせい》なんて軽いんだか重いんだか……不思議なもんだよ」

置かれた一朱金を留三が覗き込む。

「お、おまえ、こんなに」

「なんだい」まつが顔を上げる。

「これはあたしが内職で稼いだ銭だよ、なんかのときに役に立つだろうと思ってね。まさか、こんなことに使うとは思わなかったけどさ」

まつは笑い声を立てて、立ち上がる。

「そいじゃ、お邪魔さま」

ぺこりと頭を下げると、土間へと下りる。留三も慌ててそのあとを追いながら、ちらりと振り返った。圭次郎はその恨めしげな目から、そっと顔を逸《そ》らす。やれやれ……。遠ざかって行く足音を聞きながら、圭次郎は息を吐いた。男と女は難しいのだな……。

文机に向き直ると、再び、筆を手に取った。

石場から二日の間を置いて、圭次郎は身支度をはじめた。

家から持って来たなかで一番良い着物と袴を身につけると、我が身を見下ろす。よし、これならどこかの大名家の家臣に見えるだろう……。ぽんと袴の結び目を叩いて、外へと出た。

ちょうど向かいから出て来た涼音と目が合い、会釈をする。

「まあ、お出かけですか」

涼音も微笑んで会釈を返してくる。

「はっ、ちょっと所用で」

圭次郎も笑みを返すと。

「いってらっしゃいませ」

と、涼音は笑顔を咲かせた。

胸を張って表に出ると、圭次郎は笑みを嚙み殺して、その足を深川へと向けた。

行く先は、富士見屋からあとを付けた上州屋だ。

その店先に着き、圭次郎は中を覗いた。広い間口から、並べられた石が見える。横は庭になっているらしく、竹垣の塀越しに、多くの石が見てとれる。

圭次郎は一つ、咳を払うと背筋を伸ばして店へと入った。顔はそのままに、目だけで置かれた石を見る。富士見屋から運んだ石があるかもしれない。

「いらっしゃいまし」

奥から腰を折って出て来た手代に、圭次郎は石を見まわしながら問うた。

「庭に敷く石を探しているのだが、よいものはあるだろうか」

「御庭ですか、飛び石ではなく敷石でございますね」

手代はいかにも値踏みをするように、圭次郎の姿を素早く目で舐めた。その目元が弛む。

「それでしたら、どうぞこちらに」

手代は店の脇の戸口へと導く。その戸を開けると、庭へとつながっていた。

店から屋根が伸びており、その下に多くの石が並べられている。

「ほう、ずいぶんとあるのだな」

「はい、手前どもは大寺や大名屋敷からの御用も多ございますので。御武家様、どちらかでこの上州屋のことをお聞きになられたんでしょうか」

「あ、ああ、そうなのだ。我が殿がさる大名家に行かれた折、そのお屋敷の庭石がよいものだったので、どこで求めたのか、と尋《たず》ねられ、この店の名を教えていただいたそうなのだ」

「さようで」

手代は目を上に向け、いくつかの名を思い浮かべているようだった。その目を戻すと、手を揉《も》んで腰を曲げた。

「それは光栄なこと。さ、こちらの石をご覧ください」

並んだ石に沿って歩き出す。さまざまな大きさ、色合いの石がずらりと並べられている。赤みを帯びた物や茶色の物、白っぽい物もある。

これならかえってわかりやすいな……。圭次郎は手代を見た。

「殿は伊豆石を所望されているのだが」

「伊豆石でございますか、それならこちらに」手代は奥へと進む。

「こちらは昨日、入ったばかりの上物です。こういういい物は、お目の高いお客様がすぐお求めになられますもので、あっという間になくなってしまうんですよ」

数個の青黒い石が並べられている。

「ほう」

圭次郎は顔を近づけた。色合いといかにも固そうな肌合いは、石場から富士見屋へ運んだ物と同じだ。顔の角度を変えて、右から左へとくまなく見る。

圭次郎は隣の石へと足を移した。

同じように舐めるように見て、また隣へと移る。

手代はそれに付いて歩きながら、

「いや、傷などはございませんよ」

と、困惑気味に言う。

あ、と圭次郎は動きを止めた。

目の前の石に、見覚えがある。うっすらと入った数本の筋のような物は、荷車の上で見たのと同じだ。

手代の顔が近づく。

「あのう、なにか」

「あ、いや」圭次郎は慌てて顔を上げた。

「たしかによい石だな」

やはり、か……。圭次郎は顔を巡らせた。

「このような伊豆石があるのであれば、青石もあるだろうか」

「ええ、はい」手代が歩き出す。

「これも昨日、入ったばかりでして、二個だけという貴重な物でございますよ」

圭次郎は唾《つば》を飲み込んだ。丸みを帯びた表は、自分の手で荷車に積んだ石に間違いない。

「ふうむ、これほどあるとは」

圭次郎は懐手《ふところで》をすると、手代を見た。

「これらは高価なのだろうな」

「はあ、それはまあ」手代は揉み手をする。

「ですが、いかほどになるか、というのはまず、敷石の長さや幅などがわかりませんと、なんとも言えません。御庭を拝見してからお見積もりを立てたく存じますので、どちらのお屋敷か、お教えいただければ……」

「ああ、いや」圭次郎は手を出して制した。

「とりあえず、ご所望の石はあった、ということを殿にご報告する。御家老らの意見も聞かねばならぬだろうから、そののち、また出直して参る」

言い終わらないうちに、圭次郎は踵を返して歩き出した。

店先まで付いて来た手代に、

「では」

と、目顔で礼をして、圭次郎は足を速めた。

佇《たたず》む手代の気配を感じながらも、圭次郎は振り返ることなく、永代橋へと戻った。

第三章　役人の黒い歴史

一

文机《ふづくえ》に向かって、圭次郎は筆を執《と》っていた。

明日は十七日、依頼主の鴨が来る日だ。

昨日、上州屋で調べたことを、丁寧に書き記していく。が、その手が止まり、ちっと、舌打ちが出た。筆先を目の前に掲げ、ばらけた毛の先を見る。

うちからもっと筆を持って来ればよかった……。そうつぶやきながら、圭次郎は巾着《きんちゃく》をつかんだ。

向かいの津田弥右衛門は筆を作って、どこかの店に卸《おろ》しているという話だった。直《じか》に売ってもらえば、きっと安いはずだ……。

開け放たれた戸口の先には、いつも筆を作る弥右衛門が見えていた。が、今日はそこに涼音が座って、着物を縫《ぬ》っている。

そっと近づいた圭次郎は、針を動かす涼音の白い手に見入った。着物は色とりどりの派手な物だ。おそらく仕立てを受けたのだろう。

あ、と小さな声を上げて、涼音が着物を膝に下ろした。

「まあ、なにか」

着物を脇に押しやりながら、涼音が膝行《しっこう》する。

圭次郎はためらいつつ、土間へと足を踏み入れた。

「お父上は、おられますか。筆を求めたいのですが」

ああ、と涼音は笑顔になった。

「今は筆墨屋《ひつぼくや》に筆を納めに行っております。なれど、筆ならばここにもありますので、お出ししましょう」

身をひねって箱を引き寄せると、涼音はそれを前に差し出した。中には大小さまざまな筆が入っている。

「ほう、こんなにあるんですね」

圭次郎は上がり框《がまち》に腰を下ろすと、箱に手を伸ばした。次々に手に取って、握ってみる。

「やあ、これが手に馴染《なじ》んでいい。これを売ってもらえますか」

「はい、どうぞお持ちください。なれど、値はわたくしではわかりませんので、いずれ父とお話しくださいいつでもけっこうですから」

「や、そういうわけには……」

「いえ、よいのです。代書のお仕事にご入り用なのでしょう」

涼音が圭次郎の軒《のき》に下がる木札を見る。

「ああ、まあ」

圭次郎は筆を掲げてから懐《ふところ》にしまった。

涼音は小首をかしげて、少しためらってから口を開いた。

「なにか、ご修業をなさっておいでなのですか。ご長男以外は、代々、町で腕試しをするとか……。妹御《いもうとご》が来ておられましたから、お家は遠くないのですよね」

「ええ、家はさほど遠くありません。ですが、修業というわけではなく……」

圭次郎は言いながら、照れ混じりの笑いを吹き出した。

「わたしは勘当《かんどう》されたものですから、こうして町で暮らすことになったのです」

「勘当……」

涼音の頬が強《こわ》ばる。気味の悪い虫から逃げるかのように、その身がうしろに下がった。

「あ、いや」

思わず伸ばした圭次郎の手を避けるように、涼音はさらに下がる。

そこに、表から影が差し込んだ。

「ただいま、戻りました」一之介だ。

「あ、圭次郎様、お越しでしたか」

ぺこりと頭を下げる一之介に、

「こちらにいらっしゃい」

と、姉の声が飛んだ。

「早く上がりなさい」

はあ、と一之介は怪訝《けげん》そうに、座敷に上がる。

涼音の険《けわ》しい眼に、圭次郎は立ち上がり、「ではこれで」と表に出た。

「どうしたというのです」

家の中から一之介の声が聞こえる。

「お向かいとは、つきあってはなりません」涼音の声も丸聞こえだ。

「あのお方は勘当されたそうです。勘当など、よほどの悪事を働かねばされぬもの……いったい、なにをしたのか……恐ろしいこと」

「え……ですが、姉上、向かいなのですから」

「顔を合わせても言葉を交わさねばよいのです。そなたはお家を再興する身、悪事に引き込まれるようなことがあってはならぬのです」

「悪事、というお方には見えませんが」

「いいえ、人は表の顔だけではわからぬもの。いいですね、二度と近寄ってはなりませんよ」

「はあ」

姉弟のやりとりを背中で聞きながら、圭次郎はうなだれる。口から溜息《ためいき》を洩らしつつ、戸をそっと閉めた。


翌十七日。

約束どおりに鴨はやって来た。

入って来るなり、

「二階に参ろう」

と、階段を上がって行く。今日は職人兄弟のトンカンは静かだが、と思いつつも圭次郎は相手に従った。

向かい合って座ると、鴨が膝行して間合いを詰めた。

「して、いかがであった」

抑えた声で問う。

ああ、そうか、と圭次郎は腑《ふ》に落ちた。二階に来たのは、うるさいからではない、こちらの声を聞かれないためか……。

「はい」

圭次郎は手にしていた巻紙を鴨の前に置いた。

「仔細《しさい》はこちらに書き記しました」

ふむ、と鴨は紙を手にして読みはじめる。

読みながら、時折、ちらりと圭次郎を上目で見た。

最後まで読み終えると、鴨はゆっくりと紙を巻き、顔を上げた。

「よく調べた、店や石場で聞き込んだのか」

「はい、姿を変えて入り込みました」

圭次郎はそのときのようすを語る。

「ほほう、石場で働いたのなら、役人も見たか」

「はい、役人とその供が立ち会って帳簿をつけていました。それに材木石奉行の笠井様も見えました」

　鴨が上目になる。

「そうか」

　その手は懐に伸び、白い包みを取り出して、圭次郎の前に置いた。

「これは約束の報酬だ」

「はっ、頂戴《ちょうだい》いたします」

　礼をする圭次郎に、鴨は腕を組んだ。

「よい働きをしたので、もうひと仕事頼みたいと思うが、どうか」

「ひと仕事、とはどのようなことでしょうか」

「この続きだ」

「続き……」

　戸惑う圭次郎に、鴨は目を窓に向けた。

「富士見屋作兵衛をさらに調べるのだ。実は、富士見屋が石問屋の株を手に入れたのはほんの五年前のことだ。にもかかわらず、ほかの石問屋をしのぐ勢いで大きくなっている。そなた、富士見屋に行ったのであれば、店の造りや奉公人の多さを見たであろう」

「はい、石置き場も広く、手代や石工《いしく》もたくさんいました」

「ふむ、短いあいだでこれほどの発展、釈然《しゃくぜん》とせぬ。だが、そなたの調べたとおり、御公儀の石を横流ししておれば、利益は太くなるゆえ、腑に落ちる。仕入れ代がかからなければ、同じ商いをしても、ほかの店よりも抜きん出ることになろう」

圭次郎は黙って頷《うなず》く。

鴨も、目顔で頷いた。

「だが、この間、富士見屋の横流しは露見《ろけん》しなかった。それはなにゆえか。圭次郎殿は、どう考える」

「は……そうですね、よほど巧妙にごまかしているか、さもなくば……」

圭次郎は言いかけて言葉を呑み込んだ。鴨は顎《あご》を上げ、続けろ、と示す。圭次郎は唾《つば》を呑み込んでから、口を開いた。

「さもなくば、不正が見逃されているか……そのどちらかかと思われます」

ふむ、と鴨が顎を撫《な》でる。

「さて、そこでもう一つ、腑に落ちぬことがある。材木石奉行の笠井甚右衛門《じんえもん》殿だ。笠井殿は近年、より正しく申せば四年ほど前から、羽振りがよい。表だってはわからぬが、着ている物がよくなり、登城のさいに持参する弁当も豪勢になっている……まあ、これは城中の噂《うわさ》らしいのだが」

圭次郎は石場で見た姿を思い起こす。確かに、絽《ろ》の羽織は張りがあり、新調したてに見えた。と同時に、圭次郎は口が開き、歪みそうになる面持《おもも》ちを、力を込めて抑えた。なんと、城中ではそのようなことが噂になるのか……。

鴨は圭次郎の意を探るように、上目《うわめ》になった。

真顔を保って、圭次郎は姿勢を正す。

「あいわかりました。富士見屋作兵衛と奉行笠井様のつながりを調べる、ということですね」

鴨は目顔だけで頷く。

「急ぎはせぬ。焦《あせ》りは事をし損じるゆえ、時をかけてよい。調べが付けば、こんどは五両、出す」

「承知いたしました、お受けします」

「ふむ、では、今後も七のつく日に参る」

そういうと、鴨は立ち上がった。

「見送りはよい」

腰を浮かせた圭次郎を制して、鴨は音もなく階段を下りて行った。

二

江戸の町が描かれた切絵図を懐に入れて、圭次郎は家を出た。

向かいの家からは顔をそむけて、そのまま歩き出す。勘当を打ち明けて涼音に引かれて以来、顔を合わせないように気を遣《つか》ってきた。また、虫を見るような目で見られたらたまらない。

表の道に出た圭次郎は、はっと目を見開いて走り出した。前を歩く男に追いつき、

「津田殿」

と、横に並ぶ。

「お、これは向かいの、ひ……圭次郎殿でしたな」

津田弥右衛門は、にこやかに言う。

「はい、よいところで会えました、わたしは先日、津田殿の筆を求めたので、代

金をお支払いしたかったのです」

「ああ、娘に聞きました、いかがですかな、筆の使い心地は」

「はい、手に馴染んでとても使いやすく、気に入っています」

「ほう、それはよかった。わたしは穂先だけではなく、持ち手の竹も充分に選んでおるのです。軽ければいい、という物ではありませんでな、竹というのは……」

弥右衛門は流れるように言葉を続ける。

「それに、圭次郎殿がお持ちになったあの筆の穂、あの毛は馬の腹毛を使っているのです。たてがみや尻尾《しっぽ》は固いので太筆によいのですが、小筆は柔らかい毛でなければなりません。あまり手に入らないのですが、狸《たぬき》の毛も筆によいのですよ。胸の毛には茶色と白があって、それぞれに堅さが違い……」

蕩々《とうとう》としゃべる弥右衛門に、

「なるほど」圭次郎は相づちを打つ。

「筆作りは武士の内職のように言われますが、極めれば奥が深いのですね」

「おう、そのとおり」弥右衛門はうれしそうに圭次郎の背を叩く。

「片手間でやる仕事ではないのだ。わたしはいっそ刀なぞ捨てて、町人となって専心したいとも思うているくらいだ」

へえ、と思わず圭次郎は口を開けた。

弥右衛門は苦笑する。

「まあ、それは子供らが許してはくれぬ。娘も息子も武家としてお家を再興する、と意気込んでいるのでな」

「はあ、一之介殿と涼音殿と話をしまして、強い志をお持ちと感心しました」

「いやぁ」弥右衛門は首を振る。

「二人とも、妻《さい》にそう言い含められて育ったせいでして……いや、妻は三年前に流行病《はやりやまい》で亡くなったのです。が、最後まで立派な武家となれ、と申していたもので」

「ほう、そうでしたか。御妻女はやはり武家の出であられたのですか」

「いや、武家というほどのものではなく、お父上はわたしと同じ浪人でした。わたしの筆作りの師匠です。まあ、それが縁で夫婦《めおと》になったのですが、妻はちゃんとした武士に嫁《とつ》ぎたかったようです」

苦笑して、弥右衛門は曇天を見上げる。

「思えばかわいそうなことをした。わたしが早くに町人になっていれば、妻もわたしに縁づくことなどなかったであろうに」

圭次郎はその横顔を見ながら、はっとして懐に手を入れた。

「いや、忘れるところでした、筆の代金です、いかほどでしょう」

「は……ああ」弥右衛門が手を上げて、振る。

「いや、いりません、気に入ってくださったならこちらもうれしい限り。お気にならさずお使いください」

にこやかな笑顔に、圭次郎はああ、そうか、と思う。これだから家のお人が苦労するのだ。御妻女は同じ苦労を子らに味わわせたくなかったのだろう。ゆえに、武家として立て、と……。

「そうはいきません」圭次郎は巾着を出した。

「人様から無償で物をもらってはならぬ、という家訓があるのです」

でまかせだ。が、家訓という言葉に、弥右衛門は笑みを収めた。

「ふうむ、家訓となれば、しかたありませんな。では、お志で」

弥右衛門は右手を上げた。武士が往来で銭のやりとりをするのは憚《はばか》られる。圭次郎は巾着から二朱金を一つつまむと、袖口《そでぐち》にそっと入れた。

「かたじけない」

弥右衛門は苦笑を見せて、足を止めた。

「ところで、わたしはこの先を曲がって竹を仕入れに行くのだが、圭次郎殿はどちらに」

「わたしは北のほうに」

「ふむ、では、逆ですな」

「はい、ここにて失礼します」

圭次郎は会釈《えしやく》をし、辻を曲がる弥右衛門を見送った。その背中は、風に押され、時折、ふらりと揺れた。


弥右衛門と別れて、圭次郎は赤坂《あかさか》へと向かった。

武家屋敷が並ぶ道をゆっくりと歩きながら、懐に入れた切絵図をそっと出した。絵図には武家の屋敷と主《あるじ》の名が記されている。江戸の商人が重宝するため、書肆《しよし》が発行しているものだ。

ここが笠井家か、と圭次郎はいかにも旗本屋敷らしい門構えを見上げた。

塀の向こうには枝振りのよい松の木が見える。

その前を通り過ぎ、ひとまわりして、また屋敷近くへと戻って来た。と、門の脇戸から、ふたつの人影が現れた。圭次郎は足を緩《ゆる》め、近づいて行く。

先を歩く男は壮年で、大店《おおだな》の主であろうことがひと目でわかる。それに従う若い男は手代に違いない。手代は風呂敷包みを抱えて、主の横に並んだ。圭次郎はそっと二人の背後へと間合いを詰めていく。

「旦那《だんな》様のおっしゃったとおり、気前よくお買い上げいただけましたね。おかげさまでこんなに軽くなりましたよ」

手代は風呂敷包みを持ち上げて、朗らかな横顔を向けている。主の機嫌よさげな声も聞こえてくる。

「ああ、言ったとおりだろう。あの友禅《ゆうぜん》も思い切って仕入れた甲斐《かい》があった。笠井様ならば、と思ったが、半分賭《か》けだったからな」

「はい、売れ残ったらどうしようかと思いましたが、あの御側室はお目が高い」

「そうさな、あの気安さからすると、元は町娘だろう。武家の息女《そくじょ》よりも町娘のほうが、贅沢《ぜいたく》を知っているものだ」

なるほど、と圭次郎は耳を澄ませながら、思う。呉服屋か……。

手代は首を振って主を見た。

「はあ、なるほど。そうすっとあれですかね、屋敷奉公に上がった町娘に手をつけた、というやつでしょうかね」

「そうだろうな、よくある話だ。まあ、そんなことはどうだっていい。あたしらにとって大事なのは、いい客かどうかってことだけだ」

「そうですね、そいじゃ、今度はいい帯も探しておきましょう」

「ああ、そうしておくれ。見た目は派手でなく織りのよいものがいい」

「はい、いや、いいお客をつかみましたね」

「これっ、しっ」

主はちらりと振り返った。

圭次郎は聞こえぬふりをして、まっすぐに前を向いて歩く。

主は足を緩め、脇に寄った。手代もそれに従って、圭次郎に道を譲る。

圭次郎は二人を追い越して、町へ戻る道を進んだ。

なるほど、笠井甚右衛門とはそういうお人か……。振り返りたい気持ちを抑えながら、圭次郎は前を見つめていた。


「おかえりなさいませ、兄上」

家の戸口で、紗江が迎え出た。

「なんだ、来ていたのか」

奥では中間《ちゅうげん》の佐助が掃除をしながら、こちらに会釈をした。

「父上から兄上のようすを見てくるように、仰《おお》せつかったのです」

「父上が」

圭次郎は苦笑を浮かべた。悪さをしているのではないかと、疑っているのだろう、いつまでたっても信用がない……。

「それにこれを」紗江が長細い包みを差し出した。

「父上からお預かりしたのです。兄上にと」

なんだ、と圭次郎は手に取り、包みを開く。中から現れたのは短刀だった。

鞘《さや》をつかんで首をかしげる圭次郎に、紗江が身を乗り出した。

「町で暮らすのに役立つかもしれぬ、と仰せでした」

圭次郎はさらに首をひねる。

父から、必要以上の物を与えられたことはない。情をかけられたという覚えもない。父は自分を厄介《やっかい》と呼び、いつも叱《しか》るばかりだったが、二人の兄に対してもその厳しさはそれほど変わりはなかった。それは母に対しても同様で、仲睦《なかむつ》まじい姿というものを見た覚えがない。

圭次郎は紗江を見た。

「そなた、父上に抱っこをされたことはあるか」

「は、抱っこですか」紗江は目を丸くする。

「そうですね、覚えはありませんん。兄上はあるのですか」

「あるものか」

口を曲げる兄に、妹は笑い出す。

「はい、そうでしょうとも。考えてみれば、母上にも抱っこなどされた覚えはありません。抱っこをしてくれたのは伯母上《おば》だけです」

「ああ、そうだな、伯母上にはわたしもよく抱っこされたな」

苦笑する圭次郎に、紗江が首をかしげる。

「なにゆえに、そのようなことをお尋《たず》ねになるのです」

いや、と圭次郎は短刀を見つめた。

「気にかけていると思えない父が、このような物をと、ちと不思議に思ったのだ」

「まあ、そういえば……その短刀、わざわざお買い求めになられたようですすよ」

紗江は上を見て、また小首を傾ける。

「なあに」そこに佐助が声を上げて、近寄って来た。

「なんだかんだ言って、お殿様も心配になられたんじゃないですか」

そうねえ、と紗江は首を反対にひねる。

そうだろうか、と圭次郎は口中でつぶやいた。

三

着流しの下に股引《ももひき》をはいて、圭次郎はよし、と帯を叩いた。いつものように刀に手を伸ばし、それを途中で止める。刀はなしだな、と独りごちてそっと裏口から外へと出た。

永代橋を渡り、石場へと向かう。

おや、と圭次郎は石場を見て佇《たたず》んだ。沖合に船が止まっており、石場には石が積み上げられている。石が着く日だったらしい。

これなら荷揚げで入ればよかったか、と思いつつ、圭次郎は尻ばしょりをして、黒い股引姿になると、たすき掛けもした。これなら、石場に入っても目立たない。

石はすでに運び終わったらしく、荷揚げの男らは腰を下ろしている。石の山は二つで、駿河屋と美濃屋《みのや》の名が記されている。

圭次郎はゆっくりと歩きながら、目を巡らせた。いた……。

「虎吉さん」

隅に腰を下ろした虎吉に寄って行く。

「おう」と手を上げ、虎吉は日焼けした顔に歯を見せた。

「今日も来てたのか」

「いや」圭次郎は隣に腰を下ろす。

「船が来るかどうかわからなかったので、聞こうと思って来たんですよ。そうしたら、もう着いてしまっていたんですね」

「ああ、そういうのは、口入れ屋か問屋に前もって聞いておかなけりゃだめだ。今さら来たって遅いってもんさ」

はあ、と苦笑しながら、圭次郎は石場を見渡した。

以前と同じく、役人が帳簿を持って数を数えている。材木石奉行の姿はないが、石の山の裏側に、やはり役人がいて、腰をかがめて石を見ている。

「あちらの役人はなにをしているんでしょうか」

圭次郎が指を差すと、虎吉はそちらに目を向けた。

「ああ、ありゃ、材木石奉行所の改役《あらためやく》のお役人さ。悪い石が混じってないかどうか、ちゃんと改めるんだ」

「へえ、悪い石もあるんですか」

「そら、あるさ。石切場はそれぞれ地元の石屋が仕切ってるんだが、よくねえ石を混ぜるやつもいるのさ。御公儀で買い取るときには、ああして改めねえと、とんでもねえ物をつかまされたりすっからな」

「ほう、なかなか相手もしたたかですね」

「まあな」虎吉は鼻から笑いを落とすと、小声になった。

「御公儀は高値で買うわけじゃねえからよ、あっちも知恵を絞らねえと、やってらんねえんだろうよ」

「なるほど、お役人も大変だなあ」

つぶやく圭次郎の横顔を、虎吉はまじまじと見る。

「あんた、浪人なんだろう」

「はあ、親の代に江戸に来まして」

圭次郎のでまかせを疑うふうもなく、虎吉は「そうか」と頷いた。

「そんなら知らねえだろうが、役人のなかにはうまい汁を吸う者もいっからな、役目が大変だなんて、感心するこたあねえよ」

「へえ、そうなんですか」

驚いてみせる圭次郎に、虎吉は得意げに顔を上げた。

「そうさ、だいたい、今は材木石奉行なんていってるけどよ、昔は材木奉行と石奉行は別っこだったんだぜ」

「へぇえ」

「けどな、材木奉行も石奉行も、おんなじときに不届きが見つかって罷免《ひめん》されたそうだ。まあ、元禄《げんろく》の頃の話だけどな」

「不届き……」

「ああ、おおかた、材木や石を横流しして、てめえの懐を潤《うるお》してたんだろうよ。木も石も高く売れっからな、扱う役人がちぃと悪い気を起こせば、やりたい放題ってわけさ」

「なんと……あきれた話ですね」

圭次郎が目を剝《む》くと、虎吉は失笑を洩らした。

「ああ、だが、役人なんぞ、そんなもんだろうよ。元禄のときには、それで材木石奉行ってのを新たに作ったそうだがよ、そのあとだって、罷免になった奉行はいるらしいぜ。おれぁ、前に小役人から聞いたんだ」

「へえ、さすが、虎吉さんはくわしい。石場に長いだけある」

感心する圭次郎に、虎吉は胸を張る。

「おれは親父の代からここにいるんだ、なんでも知ってるぜ」

圭次郎は海へと目を向けた。

「この石も品川に運ばれるんですか」

「ああ、そうらしいぜ。異国船のおかげで、石屋は大儲《おおもう》けだ」

「虎吉さんは、普請《ふしん》の場にも行くことがあるんですか」

圭次郎は波の先にある品川のほうを目で示した。

「いや、おれは行かねえ。あっちまで行くと、帰って来るのが面倒だからな」

虎吉はそう言いながら、腰を上げた。帳簿を持った役人が近づいて来たためらしい。役人は虎吉に気づき、足を止めた。

「おう、虎吉、今日も来ていたか」

「へい、せっかく太くなった腕も、使わねえとなまっちまいますからね」

腕の力こぶを見せる虎吉に、役人は笑顔になった。

「それはそうだ、いつまでも働いてくれよ」

そう言いながら、離れて行く。

再び腰を下ろした虎吉を、圭次郎は覗《のぞ》き込んだ。

「あのお役人とは顔なじみなんですね。古いんですか」

「ああ、あの片桐《かたぎり》様も、父親の代から知っているからな。手代は八人いるんだが、片桐様が一番気さくでいいお人だ」

「材木石奉行の手代ですか」

「ああ、連れているのは、その下の同心さ。同心はたくさんいるから、いちいち名は覚えちゃいねえけどな」

虎吉は手拭《てぬぐ》いで汗を拭く。と、その顔を石の山へと向けた。荷車が動きはじめていた。

「おっと、仕事だ」

虎吉は立ち上がると、「じゃあな」とひと言を残して、走って行った。

家の座敷で、圭次郎は文机に向かっていた。

昨日、石場で見聞きしたことを書き留める。

うつむけていた顔を、圭次郎はふと上げた。開け放した戸口に、人の気配が立ったためだ。

「お、いたな、圭次郎」

入って来たのは東吾だ。そのまま上がって来る。

「おう、来たのか」

文机を押しやる圭次郎の前に、東吾はどっかと腰を下ろした。その顔は目元も頬も口元も緩んでいる。

「なんだ、いいことでもあったのか」

圭次郎の問いに、東吾は身体を揺らして頷いた。

「うむ、あった。実はな、わたしに養子の話が来たのだ」

東吾は次男で、年の離れた長男はすでに家督《かとく》を継いでいる。

「へえ、それは……よかったじゃないか」

「ああ、まあ、先方の家は格下なのだがな、賄方《まかないかた》の役人だそうだ。で、娘が三人で男はなし。だから長女の婿《むこ》に入る、ということだ」

「ほう、それはめでたい。役が得られて、立派な家長となるわけか。いや、よい話じゃないか」

圭次郎は東吾の肩を叩く。東吾は笑みを消すと、首を伸ばして顔を寄せた。

「だがな、なぜ、そんな話が来たと思う」

「ん、なんだ、兄上の口利きか」

「いや、そうではないのだ、あの一件のせいだ」

東吾の目が両国の方角を示す。

「まさか、矢場《やば》の騒ぎのことか」

驚く圭次郎に、東吾が笑みを取り戻した。

「そうなのだ、そなたが捕まり、わたしは名乗り出たであろう。で、そなたは勘当になったわけだが、その騒ぎ、すっかり広まったのは知っておろう」

「ああ、まあ、そうだろうとは思っていた」

決まり悪げにうつむく圭次郎に、東吾は苦笑する。

「うむ、町でも広まったが、武家のあいだでも広まったのだ。だが、それが功を奏してな、いや、そなたにはすまない気もするのだが……」

「そうか、名乗り出たとはあっぱれ、ということか」

「そういうことらしい」

照れた笑いを浮かべる東吾に、圭次郎は身を乗り出した。

「で、どんな娘御だ、会ったのか」

「いや、まだだ。だが……」東吾は腕を組む。

「数日前、父上に誘われて湯島天神《ゆしまてんじん》に行ったのだ。その折に、茶屋で向かいに座った親娘がいてな、その娘がこちらをチラチラと見ていたのだ」

「おっ、それが相手ではないのか」

縁談が持ち上がったさい、外で偶然を装って顔あわせをしたり、こっそりと姿を見る、ということがよく行われる。圭次郎は手を打った。

「うむ、そうに違いない。きっと、その娘御はお父上にこう言ったのだ。殿御のお姿を拝見しとうございます、となで、気に入ったから、娘御も話を受けた、と」

そう言いながら改めて東吾を見る。背は高くはないが、顔立ちは役者のようだと言われたこともある。やさしげな面立《おもだ》ちは、好みに合えば男前に見えるはずだ。

いやぁ、と身体を揺らす東吾の膝を、圭次郎は突っつく。

「して、そなたは見たのか、その娘御、いや、許嫁《いいなずけ》を」

「うむ」東吾は上目で頷く。

「色が白く、丸い顔をしていた」

「ほう、それは好みであろう、そなた、かわゆいのが好きだものな」

「いやぁ、まあ……悪くはない」

顔を赤らめる東吾に、圭次郎は手を打った。

「いやぁ、それはいい。なにが幸いするかわからんな。そうだ、なればさっそく、祝おうじゃないか、二人だけでも……そういえば七之助はどうしているのだ」

「あやつはいまだ謹慎中《きんしんちゅう》だ」

「そうか、残念だな。どうする、料理茶屋へ行くほどの金はないから、居酒屋でよいか」

立ち上がる圭次郎に東吾も続く。

「居酒屋にしよう、わたしのおごりだ。七之助のやつ、残念だな」

「ああ、まったくだ、三人で祝いたかったな」

草履《ぞうり》を履《は》く圭次郎に、東吾が並ぶ。

「こうなると、いっそ謹慎よりも勘当のほうがよい気がしてくるな」

「馬鹿を言うな」

圭次郎は小声になって、向かいを見た。弥右衛門が座っているが、涼音の姿は見えない。

「勘当となると、人の目も変わるのだぞ」

「む、そうか」

「ああ、そもそも無宿人《むしゆくにん》だ。人並みに見てももらえない」

さらに抑えた声で言いながら、圭次郎は外へと出る。

向かいの窓に、ちらりと涼音の影が見えた気がして、圭次郎から溜息が洩れる。

「なに」東吾もつられて小声になった。

「勘当は解かれることもある、気を落とすな」

ああ、それは大きな声で言ってくれ……。圭次郎は向かいを見ながら、また溜息を落とした。

四

羽織袴《はかま》に身を整えると、圭次郎は二本差しを腰に外へと出た。

すっかり馴れた永代橋を、また渡る。

行き先は富士見屋だ。

また石を買うふりをすればよいか、と圭次郎は腹の底でつぶやいていた。

店の前に着くが、話の切り出し方が決まらない。やはり大名家の家臣のふり、がよいだろうな、と思うが、どの程度の大名にするか、などと迷う。一万石か、いっそ五万石か……。結局、腹が決まらずに、そのまま通り過ぎた。しかたなく裏手にまわり、石置き場を覗き見る。石工達が石に向かっている姿があった。

歩いて来た勢いでそこを過ぎると、圭次郎はふと足を止めた。石置き場とは反対側に、庭がある。やはり黒板塀で囲われているが、裏戸が開いていた。

なるほど、と圭次郎は首を伸ばす。

店の奥が住まいになっており、その庭になっているらしい。庭には木々が植えられ、池もあり、大小の庭石が置かれている。飛び石は青石だ。

石問屋だけあって、立派なものだ……。圭次郎は半身を中に入れた。池の周りには皐月《さつき》が植えられており、朱や白の花が咲き乱れている。

おっと、と半身を引いた。植木屋がやって来たのだ。

戸から出て来る植木屋に道を空けながら、圭次郎はそうだ、と胸の内で手を打った。肩に道具箱を担《かつ》いで去って行く植木屋を追い、圭次郎は横に並んだ。

「ちとよいか、植木屋と見ゆるが」

いかにも格式張って、圭次郎は声も重くした。

「へい、さいですが」植木屋は足を止めずに頷く。

「なにかご用で」

「うむ、いましがた、富士見屋の庭が見えたのだが、あれはそのほうが手入れをしているのか」

「へい、さいですが」

「ほう、よい庭であった。腕がよいのだな」

「いやぁ、うちの親方の腕ですよ」

「ほう、では、その親方に頼めば、あのような庭にできるのだな」

　圭次郎の問いに、植木屋は肩をすくめる。

「うーん、そんな簡単には……なにしろ、あそこは金を惜しみませんのでね、いい木も入れられるし、手入れもぞんぶんにできるわけで。どこでも、あれほどの庭にできるってえわけじゃありませんや」

「そうなのか」

「へえ、庭だって金をかけるほどよくなるってもんで、まあ、そいつは家造りだろうが、着物だろうが、おんなじでやしょう」

「ふうむ、なるほど」

　考え込む圭次郎に、植木屋は苦笑を見せた。

「あっしはお武家のお屋敷にも行きますがね、富士見屋さんを上まわる庭はありませんや」

あきらめろ、といわんばかりの苦笑いに、圭次郎は足を止めた。

「そうか、いや、呼び止めてすまなかった」

なあに、と植木屋はまた肩をすくめ、足を速める。

圭次郎は踵《きびす》を返すと、富士見屋へと戻った。

再び、裏から石置き場を見る。

先日、石場から運ばれたらしい石が、同じような大きさに揃《そろ》えられ、積まれている。圭次郎は足を止めて、その作業を見つめた。楔《くさび》を打ち込んで割る者、表を削る者、磨く者と、それぞれだ。

この石工らは主のしていることを知っているのだろうか。なにか話を聞き出す方法はあるか……。そう考えながら、表へと歩き出す。

ふと、背後に人の気配を感じて振り返ったが、誰もいない。気のせいか、と圭次郎は表へとまわった。

店の入り口へ行き、圭次郎は腹に力を込めた。はったりの内容は決まった。

店の内に足を踏み入れると、すぐに帳場に座っていた番頭が顔を上げ、圭次郎の頭から足下までを見る。

「ご用でございますか」

「うむ、主の命で石を探しているのだが、こちらによい石があると聞いたのでな」

胸を張って近寄る圭次郎に、番頭は首を振る。

「ああ、申し訳ないんですが、うちは問屋ですから、直にお売りすることはいたしてないんですよ、近所に石屋がたくさんありますから、そちらにお越しくださいまし」

前回同様、たちまちに終わってしまったやりとりに、圭次郎はぐっと唾を呑み込んだ。

「お侍さん」

背後から声がかかる。

振り向くと、そこにいたのは見覚えのある顔だった。

前回、黒板塀から石置き場を覗いていたときに、声をかけてきた男だ。顔に刻まれた傷跡は見間違いようがない。

番頭は身体を傾けて、男を見ると、

「ああ、竹蔵《たけぞう》か」

そう言って、怪訝そうに男と圭次郎を見比べた。

竹蔵は番頭に目配せをすると、圭次郎の横に立った。

「主と言われましたな、どちらの御家臣ですか」

竹蔵は睨《ね》めつける。

「ああ、いや」圭次郎はゆっくりと身体をまわした。

「もうよいのだ、石屋に行くことにする」

歩き出す圭次郎に、竹蔵は「へえ」と顔を向ける。

「以前、来ていたお方に似ているようだがなぁ」

聞こえよがしのつぶやきを背に流して、圭次郎は外へと出た。

あの男、覚えていたな……。圭次郎は振り返りたい気持ちを抑えて、ゆっくりと歩き、次の辻を曲がった。横目で、富士見屋の前を窺《うかが》うと、そこに竹蔵の姿があった。脇に二人の男も見える。

そうか、あの男、手代ではなく用心棒なのかもしれぬな……。圭次郎は口元を締めた。と、なれば家に戻るのはまずい、付いて来られてはかなわない……。

圭次郎はまた辻を曲がった。

永代橋とは別方向に、北へと向かう。

道はやがて仙台堀《せんだいぼり》に突き当たり、川沿いに曲がった。しばらく先に橋がある。

曲がるさいに、また横目でうしろを見た。

歩いて来る男の影が三人、見える。

やはり、な……。橋を渡った圭次郎は足を速めた。巻こう……。

道を急ぎながら、周囲を見る。この辺りは以前、東吾らと歩いたことがあった。

武家屋敷と寺が多い所だ。元服前には、肝試《きもだめ》しをしたこともある。

行く手に霊巌寺《れいがんじ》の大きな屋根が見える。その周辺は木々が多く、小さな堂宇《どうう》の屋根もうかがえる。大小の寺が点在しているためだ。

再び辻を曲がりながら、圭次郎は振り返った。

男三人が小走りにあとを追って来る。先頭の竹蔵は、つり上がった目でこちらを見ている。

どうする、と、圭次郎は辺りに目を走らせた。

あそこだ、と寺の山門に走り込む。昔、来たことがある寺だ。

本堂は閉め切られており、人の気配はない。裏の塀が破れ、出入りできたのを覚えている。

本堂脇を抜け、裏へと進む。と、足が止まった。

しまった……。圭次郎は手ににじむ汗を握る。以前、破れていた塀が、板で塞《ふさ》がれている。

足音が走り込んで来た。

男三人が、並ぶ。

向かい合った圭次郎は、ふうと大きく息を吸い込んだ。

竹蔵も荒い息を吐きながら、一歩、足を踏み出した。

「てめえ、何者だ。なにを探ってやがる」

両脇の若い男らが、懐に手を入れる。取り出したのは匕首《あいくち》だ。

竹蔵はうしろに手をまわした。背中に差していたらしい、匕首をすらりと前に出す。

圭次郎は刀の柄《つか》に手をかけた。

竹蔵がさらに一歩、踏み出して、問う。

「役人か」

圭次郎は鯉口《こいぐち》を切って、首を振る。

「そうではない」

その答えに「ふん」と鼻を鳴らすと、竹蔵は右の若者に、目配せをした。

「駒三《こまぞう》、やれ」

「おうっ」

駒三が声を上げ、匕首を両手で構えた。

もう一人の男も匕首を脇に持ち、構える。

「やぁっ」

声を張り上げ、二人ともに突っ込んで来る。

刀を抜いた圭次郎は、左に刃《やいば》をまわす。男の腕を下から峰で打ち、匕首を飛ばす。

そのまま今度は、駒三へ刃をまわした。

「てえいっ」

大声を放つ駒三の脇腹に、峰を打ち込んだ。身体が折れ、膝が地面に着く。

すぐに身体をまわし、左の男に踏み出した。

落ちた匕首を拾おうとしていた男の肩に、峰を振り下ろした。鈍い音とともに、男が崩れ落ちる。

「くそっ」

竹蔵の舌打ちが鳴る。

地面を踏んで、竹蔵が匕首を水平に構えた。

首を狙うつもりか……。圭次郎は刀を右脇に持ち、じりり、と横にずれる。

身を低くした竹蔵が、上目で圭次郎を睨《にら》みつけた。荒い息が止まる。
来る……。圭次郎はひらりと刃を上げた。
飛び込んでくる竹蔵の右腕を、上から斬《き》りつける。
呻《うめ》き声が上がり、竹蔵の匕首が落ちた。身体も傾き、二の腕から血がしたたり落ちる。
「あ、兄貴」
倒れ込んでいた二人が、にじり寄っていく。
圭次郎は刀を納めると、三人の横をすり抜けた。
すまんな、と小さく振り向き、山門を駆け抜けた。

第四章　欲あらば

一

朝餉《あさげ》の膳《ぜん》を前に、圭次郎は考え込んでいた。

大店《おおだな》が用心棒を置くことは、珍しくない。厄介事《やっかいごと》を収めたり、ゆすりたかりなどを排するには便利だろう。圭次郎の耳に、竹蔵の声が甦《よみがえ》った。

〈なにを探ってやがる〉〈役人か〉

圭次郎はたくわんを嚙んだ。ポリポリという音とともに、しょっぱさが口中に広がる。飯がそれと混ざって、いい味わいになる。

竹蔵の言葉は、探られては困ることがある、というのを白状したようなものだ。そして、役人を警戒している。さて、次はどうしたものか……。

圭次郎は梅干しを口に入れた。酸っぱさに口が尖《とが》る。が、その実を舌で舐《ねぶ》り、種を出した。

ああ、そうだ、と圭次郎は種を目の前に掲げる。

表から行ってだめなら、裏から行けばいい……。圭次郎は急いで飯を平らげると、隣へと駆け込んだ。

煮売りの支度をしていた吉三に、

「あの、お願いが……」

と、圭次郎は思いついたことを口にした。

「ああ、なんだって」吉三が顔を上げる。

「梅干しを売りたいって、圭次郎さんがかい」

「はい、ふと思いついて。梅干しはよそから仕入れていると言っていたでしょう、わたしも仕入れて売りたいので、売ってくれる店を教えてほしいのだが」

「おやまあ」煮豆の鉢を持ったおみねが出て来ると、目を丸くした。

「なんだって、浪人さんはおんなじことを思いつくのかね、そりゃ、やるのは勝手だけどさ」

「同じ、とは」

同じように目を丸くした圭次郎に、おみねは顎《あご》で隣を示す。

「前に住んでた左衛門さんも、あるとき梅干し売りをしたいって言ってきてさ、いろいろと教えたんだよ、で、あれかい、圭次郎さんも小遣《こづか》い稼ぎをしようってのかい」

「あ、ああ、そうなのだ。稼がねば暮らしていけぬし、ちと、ほしい物もあって。だが、その左衛門殿は、なにゆえに梅干し売りなど……うまくいったのだろうか」

「だめだめ」吉三は笑った。

「やり方を教えたけど、五日でやめちまった。そらそうさ、お侍がいきなり出商《であきな》いなんぞやったって、うまくいくはずぁねえよ」

「あら、でも、圭次郎さんなら」おみねは座敷から顔を見上げる。

「客がつくだろうよ。教えたげよう、梅干しの仕入れはね……」

おみねは店の場所を説明する。

「ほう、わかった、早速行ってみよう」

頷《うなず》く圭次郎に、おみねが手を振った。

「ああ、でも、やるならその髪じゃだめだよ。町人髷《ちょうにんまげ》に結わなけりゃ」

あ、と圭次郎は鬢《びん》に手を当てた。武士はきつく結うが、町人は横もうしろも緩《ゆる》く結うのが決まりだ。

おみねは上がり框《がまち》を手で叩くと、立ち上がって、箱を持って来た。

「ここにお座んなさいな、あたしがやったげよう」

「おい、おみね」

口を尖らせる吉三を目で示して、おみねは微笑《ほほえ》む。

「この人の髪結いはあたしがやってるのさ、なかなかだろう」

圭次郎は頷く。髪結いに行って、侍髷《さむらいまげ》を町人髷にしてくれ、と頼むのはためらわれる。おかしな噂《うわさ》が広まるのも避けたい。「では」と腰を下ろした。

おみねは背中にまわると、元結《もとゆ》いをほどき、髪を梳《す》いた。

「ああ、思ったとおり、いい髪だ」

いつもとは違うやわらかな声音《こわね》が、耳に届く。

「おい、こら、おみね」吉三の声が飛んだ。

「やけに親切にしてると思ったら、やっぱりそんな目で見てやがったんだな。お、おめえってやつは……」

「なにを言ってるんだい」おみねの声は揺るがない。

「そんな目もこんな目もありゃしないよ。お隣さんだ、親切にして当たり前だろう。それとも、おまえさん、そりゃ、やきもちかい」

「な、なな……」

圭次郎はやりとりを聞きながら、横目で窺《うかが》う。吉三は赤くなった顔を、あわててそむけた。

「前の左衛門さんはさ」おみねが口を開く。

「うっかり侍髷のまま、商いに行ったんだよ、こっちもそこまで気がまわらなくてさ。そうしたら、何日かして、顔に傷をつくって帰って来なすった。ありゃ、誰かに因縁《いんねん》をつけられたんだね」

「ほう、そんなことが」

「ああ、そんなこともあって、いやになったんじゃないかね。それ以来、商いには手を出さなかったね」

「そうだ」吉三の声がまた飛ぶ。

「左衛門さんのときには、おめえ、それほど親切にしなかったじゃねえか。若い男だからって、見る目が変わったんだろう」

「まぁた、つまらないことを言い出す」おみねが笑う。

「そうさ、左衛門さんは三十も半ば、世話をやくほどの年じゃなかったろう。

圭次郎さんはまだ若くて世慣れてないんだから、いいじゃないか、世話をしたって」

おみねは器用に鬢を作っていく。

圭次郎はふと思い出して、目を上に向けた。

「金次さんらに聞いたのですが、その左衛門殿というお人は、急にいなくなったそうですね」

「おや、聞いたのかい。そう、うちの煮売りのツケがたまってたってのに、いきなり姿を消しちまったのさ。そんなお人には見えなかったのにねえ」

頭が引っ張られ、うしろで髷が結われたのがわかった。

「さあ、できた」

おみねが鏡を前に差し出す。

これまでと違い、緩くした鬢が半分耳にかかっているせいか、顔まで変わったように見える。

これはちょうどいい……。圭次郎はおみねを振り返った。

「いや、助かりました、お礼をせねば」

懐《ふところ》に手を入れようとする圭次郎の肩を、おみねは叩く。

「やだね、気にしないでおくれ。ああ、そうだ、商いの箱と鉢がいるね。釣り銭も持ってかなきゃいけないよ、それと経木《きょうぎ》もだ……」

おみねが狭い家の中をくるくると動いた。


富士見屋の勝手口を圭次郎は覗《のぞ》いた。頭から手拭《てぬぐ》いで頬被《ほおかぶ》りをしているが、あまり顔を上げずに、店の前は通り過ぎて来た。竹蔵やその手下の姿はなく、怪しまれたようすもない。

「ごめんくだせえ」

口中で繰り返してきた町人言葉で、圭次郎は開いている戸口から入る。

土間の流しに立つ女中が、濡れた手を振ってやって来た。

「なんだい、物売りかい」

「へい、梅干しを売ってるんで」

圭次郎は手にした箱を掲げた。蓋《ふた》を持ち上げて開けると、中の棚に入れた梅干しの鉢を見せる。

「梅干しか、うちはいつも買っている店があるんだよ」女中は首を振る。

「そこには安くしてもらってるから、ほかから買うわけにはいかないねえ」

「いや、安くしますんで」

圭次郎は箱を置いてしゃがむと、鉢を取り出して女中に中を見せた。見上げる圭次郎に、女中は「あら」と声音を変える。と、流しで野菜を洗っている女中に、手を振った。

「ちょいと、おくめちゃん、来てごらんよ、この梅干し売り、男前だよ」

「え、ほんと」

もう一人は前垂《まえだ》れで手を拭きながら飛んで来る。

しゃがんで顔の高さを合わせると、おくめは「あらま」と言って圭次郎の手拭いを引いて取った。

「ほんとだ、二枚目じゃないの」

顔を近づけて来るおくめに、圭次郎はうろたえて身を引く。武家の女からは聞かない言葉ばかりだ。

「いや、その」圭次郎は鉢を前に出した。

「この梅干しは、そこいらの梅干しとは違うんで」

「あら、ほんとだ、おきよさん、この梅干し大きいよ」

おくめがおきよを見る。が、おきよは首を振った。

「そんないい物、旦那《だんな》様が許すはずないよ、奉公人には一番安い物しか食わせないんだから」

「へえ、そうなんですか」圭次郎は本心から驚く。

「こんな大店《おおだな》だから、気前がいいと思って来たんですが」

「あんた、うぶだね」おきよが小声になった。

「大店ほどケチなんだよ。自分らは贅沢《ぜいたく》をするけど、奉公人にはびた一文、無駄金を使わないもんだ。特にうちの旦那様はね」

「そうそう」おくめが頷く。

「金儲《かねもう》けに励むお人ってのは、てめえが贅沢をしたいから頑張《がんば》るのさ。あたしらになんか、まわすもんかね」

「へえ」圭次郎は目を見開く。

「そうなんで……ここは庭に金をかけてるって、植木屋から聞いたんですがね」

「だからさぁ、庭なんてあたしらは入ったこともないっての」

おくめが笑うと、おきよがさらに声を抑えた。

「うちの旦那様は、立派な庭を造るのが長年の願いだったんだとさ。だから、問屋になって儲けてから、それをやり遂《と》げたってわけ。そういうのには、金を惜しまないんだよ」

小声ながら得意げに話すおきよに、

「へえ、おきよさんは奉公、長いんですかい」

圭次郎が目を見開くと、おきよは苦笑した。

「そうよ、あたしゃ、十《とお》で奉公に上がったからね、小さな石屋だった頃から知ってるんだ」

「石屋だったんですかい」

「そうさ、先代は本所で小さな石屋をやってたのさ。けど、作兵衛さんが継いで、やり手だからさ、少しずつ店を大きくしたんだよ。で、五年前に問屋株が売りに出たときに、借金をしてそれを買ったんだ。したら、たった二年でその借金を返しちまったんだから、大したもんさ」

「へえ、そいつは立派なもんだ」

「ああ、けど、金儲けのうまいお人は、出すのは渋るもんさね。だから、梅干しだって安いのしか買えないよ、すまないね」

肩をすくめるおきよに、圭次郎は「そうですかい」とうなだれて見せた。

「石工さんは汗をかくから、梅干しが入り用だと思ったんですがねえ」

「そらそうなんだけどさ……」

「あ、それなら」おくめが首を伸ばす。

「あたしが少し、買おうかな」

「おくめちゃんが……あ、そうか、留《とめ》さんにやる気だね」

ふふ、とおくめは肩をすくめる。

「明後日《あさって》、品川に石を持ってくって言ってたからね」

「ああ、そうだね、持たせてあげれば喜ぶよ、きっと」

おきよに肘《ひじ》で突かれ、おくめは笑顔になる。

「ああ、それじゃ」圭次郎は梅干しを経木に移し、おくめに見せた。

「これくらいで、どうです」

「そうだね、ちょいと待っとくれ、今、巾着《きんちゃく》を持って来るから」

座敷に上がるおくめを横目に、おきよが顔を寄せてきた。

「もっと安い小梅を持って来れば、買ってあげられるよ」

「はあ、なれば……いや、それなら、今度は小梅を仕入れて来ましょう」

圭次郎はにこりと笑った。

二

梅干しを買い足して、圭次郎はまた出商いの姿で町に出た。が、足を向けた方向は深川とは反対だ。

日本橋《にほんばし》を抜け、芝《しば》、高輪《たかなわ》を通り、圭次郎は品川の海岸へと歩いた。

砲台の周辺に、人が集まっている。石を積んでいるのが見えた。

青い海原に、日差しが反射し、波が動くたびにきらきらと光る。それを眺め、ただ立っているだけの圭次郎の額からも、汗が流れ落ちる。

その耳に、鐘《かね》の音が響いてきた。捨て鐘三つのあと、午《うま》の刻（正午）を知らせる鐘が、九回、鳴らされる。町人のあいだでは午の刻よりも九つという呼び名がふつうだ。

よし、と圭次郎は普請《ふしん》の場に近づいて行った。

石工《いしく》や荷揚げの男達は、それぞれ隅に行って、弁当の包みを広げはじめた。大きな握り飯を頬張る。

そのあいだを、水売りや煮売りが歩く。稲荷寿司《いなりずし》や握り飯を売る者もいる。

圭次郎は、深く息を吸い込むと、

「梅干しぃ」

と、声を上げた。

「おっ、梅干しか、ひと粒くれ」

すぐに男が手を上げた。

「おい、こっちもだ」

へい、と右や左に走る。それとともに、圭次郎は目を走らせた。

いた、と隅に目を留めた。石場に来ていた材木石奉行手代の片桐が、よしずの陰に腰を下ろしている。

男達のあいだをあらかたまわると、圭次郎はよしずへ近寄った。石の上に腰掛けた片桐は、すでに弁当を終え、水を飲んでいる。

「お役人様」圭次郎はその横に進んだ。

「梅干しはいかがですか」

お、と差し出した鉢を見る。

「うむ、一つもらおう」

指でつまんで、口に含む。

銭を受け取りながら圭次郎はかたわらにしゃがみ、愛想のよい笑みで見上げた。

「こう暑いと、空の下の仕事は大変ですね」

「うむ、しかし雨よりはいい。雨だと仕事は止めになるからな、進まんで困る」

「なるほど」圭次郎は周りに置かれている石を見る。

「お役人様、あたしはいつも不思議に思うんですが、石は濡れると色が変わりますよね。石っていうのは、雨を吸うんですか」

「ほう」と片桐は改めて圭次郎を見た。

「面白いことに気づいたな。うむ、水を吸う石もあるし、濡れることを嫌う石もあるのだ。石と言っても、いろいろでな、その質《たち》によって扱いも変わる。ゆえに石工がいるのだ」

「へええ」圭次郎は目を丸くして見せた。

「そうなんですか、いや、やっぱり、素人《しろうと》にはわからないことがあるもんだ。さすが、お役人様は精通してるってわけですね」

ははは、と片桐は胸を張った。

「それはそうだ、石でも木でも銀でも、扱う物にくわしくならねば仕事はできん。役人は学びも半端《はんぱ》ではすまされないのだ」

　はあぁ、と圭次郎は片桐の座る石を触った。

「なるほどねえ、前に、石工の見習いが言ってました。言われたとおりに割れずに粉々にしてしまったそうで、親方にえらく怒られたと。そういうこともあるんでしょうかね」

「ふむ、しばしばあるな。石目をうまく読めないと、そういう失敗をするのだ。馴《な》れた石工でも、失敗おかしな形に割ってしまったり、砕いてしまったりとな。馴れた石工でも、失敗することはある」

　片桐は遠くの石工らに目をやる。その目はやさしげだ。

「へえ、御公儀御用の石だったら、大変なことになるんじゃないですか」

　圭次郎は、傾けた顔で見上げる。

　片桐は顔を戻すと、「いや」と首を振った。

「もともとよくない石もあるし、ひびが入っている物が混じることもある。多少の無駄石は、はなから数のうちに入れてあるのだ」

　なるほど、そういうことか……。圭次郎は得心した。

「それじゃ、石問屋でだめにしても、それほどお叱《しか》りは受けずにすむんですね」

「まあ、そういうことだ。だめにした数は報告させるが、よほど多くなければ、お咎《とが》めを受けることはない。しかし……」

片桐の眉が寄った。

「そのほう、なにゆえに根掘り葉掘り……」

「ああ、いえ」圭次郎は立ち上がった。

「実は前々から石工になりたいと思ってたんですが、失敗したらどうなるのかと心配になりまして、あっしはあまり器用じゃないもんすから」

ふむ、と片桐の眉間《みけん》が弛《ゆる》む。

「そういうことか、なれば、それほど案ずることはない。そうだ、富士見屋などは石工見習いをたくさん抱え、だめにする石も多いから、弟子入りするにはよいかもしれんぞ」

「へえ、そうなんですか」

圭次郎は顔に力を込め、引き締めた。驚きが顕《あら》わになりそうだったからだ。

「それじゃ、聞いてみます。いや、ありがとうございました」

深々と頭を下げると、圭次郎は三歩下がって、背を向けた。

なるほど、読めてきたぞ……。石のあいだを歩きながら、唇を噛む。よし、仕事は終わりだ……。

　圭次郎が普請の場を出ると、

「おい、梅干し屋」

　と、横から三人の男が現れた。ゆらゆらと肩を揺らしながら、行方をふさぐ。

着流しの前を上げて帯に挟んだ姿は、いかにも遊び人ふうだ。

「おめえ、見ねえ顔だな、筋は通したのかい」

　そう言いながら進み出た一人を、圭次郎は、

「筋、といいますと」

　腰を低くして、見上げた。

「ここいらで商いをするんなら、うちの親分に挨拶《あいさつ》しろってことだよ」

　もう一人が、懐に手を入れ、匕首《あいくち》を出した。

　圭次郎は右手を左の腰にまわす。が、あっと息を呑んだ。

　しまった、刀を差していないんだった……。

「梅干しは売れたみてえだな」

　もう一人が肩を傾けて、圭次郎の前に立つ。

　ああ、そういうことか、と懐に手を入れた。

「はい、おかげさまで。これが今日の稼ぎです」

巾着ごと差し出すと、男が素早く奪い取る。

「察しがいいな。今度、商いするときは、おれらに挨拶するんだぜ」

「はい、わかりました、すんません」

圭次郎は頭を下げると、怯《おび》えているふうをよそおって走り出した。

男達は追って来ない。笑い声だけが、背中に聞こえてきた。


陽射しの差し込む家の文机《ふづくえ》に向かって、圭次郎は筆を滑らせていた。昨日、品川で役人から聞いたことを書き記す。が、その筆を置いた。腹の虫が鳴ったためだ。

蕎麦《そば》でも食いに行くか、と、身なりを調《ととの》えて外へ出ると、そこで足を止める。

向かいの戸口に人がいる。

「ごめん」

と大声を上げているのは見知らぬ若侍だ。隣に一之介が、立っている。

「一之介殿」圭次郎は近寄って、向かいの閉まった戸を指さした。

「お父上は昼前に、姉上は少し前に出かけられましたよ」

表に向いて座るため、向かいのようすはよく見える。

「ほう、留守ですか」若侍は圭次郎に向いて、礼をした。

「わたしは試衛館《しえいかん》の嶋崎勝太《しまざきかつた》と申します」

「ああ、それは……わたしはこの向かいに住む平石圭次郎です」

会釈《えしやく》を返す圭次郎に、嶋崎勝太は首筋をかいた。

「実は、一之介が道場で仲間と喧嘩《けんか》をしまして、肩を痛めたものでこうして送ってきたのです。お父上に詫《わ》びもせねばなりませんし」

同い年くらいだろう、と圭次郎は勝太を見た。将棋《しようぎ》の駒のようなごつい顔だが、眼差《まなざ》しは穏やかだ。

「もうよいのです」一之介は勝太に手を向ける。

「どうぞ、お戻りください。怪我はたいしたことありません」

「しかし、わたしの目が行き届かなかったゆえのこと、詫びねばなるまいよ」

「いえ、前々からあの村井《むらい》とは、諍《いさか》いがあったのです。もう、しませんからご安心ください。それに……」一之介が小声になる。

「喧嘩をしたなどと知られたら、姉上に叱られます」

「む、そうか」

勝太は大きな口を結び、すぐにそれを開いた。ははは、と笑い声を放つ。

「そうだったか、それはまずいな。では、わたしは戻ることにしよう」

「はい、すみませんでした。道場には明日も行きますので」

一之介が腰を折ると、勝太は「ではな」と、持っていた一之介の稽古着の袋を置いて、表の道へと戻って行った。

それを見送り、ほう、と息を落とす一之介を、圭次郎は見た。左腕に巻かれた晒《さらし》に血がにじんでいる。

「お、ちょっと来い」

圭次郎は腕を引いて、自分の家へと誘い入れた。

「なんですか」

狼狽《うろた》える一之介に、圭次郎はにっと笑う。

「血は見えないようにしないと、喧嘩は隠せんぞ」

素直に座った一之介の前に、圭次郎は薬箱を置いた。小さな蓋物《ふたもの》を出すと、一之介に中を見せる。薄茶色の粉を見て、

「なんです」

いぶかる一之介の腕を、圭次郎は取った。晒を外すと切り傷が現れた。粉を皿に移し、そこに椿油《つばきあぶら》を混ぜると、圭次郎はそれを傷口に塗った。

「これは傷に使う散薬《さんやく》だ。血が止まるし、傷も目立たなくなる」

血の色が隠れていくのを見て、一之介の顔がやっと弛んだ。

「かたじけのうございます」

「なあに、わたしもこの薬にはさんざん世話になったのだ」笑顔を返す。

「だが、その喧嘩相手、ずっと仲が悪かったのか」

はい、と一之介はうつむく。

「村井は浪人を見下すのです。父上のことを筆浪人などと笑って」

「ほう、それは喧嘩してもよいぞ」

「ええ、ですから、わたしも見せかけ侍、と言ってやったのです」

「見せかけ、とはどういうことだ」

首をかしげる圭次郎に、一之介は拳《こぶし》をあげる。

「村井の父は商人であったのを、御家人《ごけにん》株を買って侍になったのです」

圭次郎は一つ、間を置いて、吹き出した。

「ははは、なんだ、互いに痛いところを突いた、というわけか」

身体を揺らして笑う圭次郎に、一之介が上目《うわめ》になる。圭次郎はその肩をぽんぽんと叩いた。

「人は本当のことを言われると腹が立つものだ。まあ、その相手は、出自《しゅつじ》で見下され悔《くや》しい思いをしてきたのだろう。人は自分より下を探そうとするし、いなければ無理にでも見下す相手を作るものだ」

圭次郎は一之介の腕に新しい晒を巻く。

「さ、これで傷は気づかれないぞ。だが、もうそんな者は相手にするな。すれば、同じ土俵《どひょう》に立つことになる。それこそ、武士の名折れだ」

一之介はまっすぐに圭次郎を見た。

「はい、そうします。勝太殿にも約束しましたし」

「ああ、そうだったな。あの嶋崎勝太殿はよさそうなお人じゃないか」

ええ、一之介の目元が弛む。

「勝太殿は多摩《たま》の百姓の生まれだそうです。百姓といっても大きな家らしいんですが」

「ほう、そうなのか」

「はい、なれど縁があって天然理心流三代目、近藤周助《こんどうしゅうすけ》先生の養子となったそうです。いずれ道場も継ぐはずです」

「へえ、腕が立つのだな」

「ええ、それだけでなく、お人柄もよいのです。威張らず気さくで、おおらかです。わたし達にも、人は生まれや家格ではない、大事なのは志だ、とおっしゃって」

「ほほう、それはよいな」

微笑んだ圭次郎は、はっとして笑みを消した。

向かいの戸口に涼音が立ち、不思議そうに置かれた稽古着の袋を見ている。その顔が、辺りを見まわす。

「まずい、姉上が戻られたぞ」

圭次郎が言うと同時に、涼音の目がこちらを向いた。

振り向いた一之介の姿を捉えている。

「さ、戻れ」

圭次郎に促され、一之介はあわてて外へと出て行く。

「なにをしていたのです」

涼音の声に、

「いえ、話をしていただけです、その、剣術の話を……」

一之介の返事に、涼音の声が高くなる。

「話してはならぬと言うたでしょう」

「ですが、姉上、よいお話をしていただきました」

「よい、とはなにごと……男同士のよい話ほど危ういものはありません、さ、中に入りなさい」

開けられた戸口に入りながら、一之介は小さく振り返って、目顔で礼をした。

圭次郎は苦笑いを抑えつつ、それに頷いた。

三

二十七日。

やって来た鴨に、圭次郎はこれまでに調べ、それを書き記した巻紙を渡した。

ひととおり読み終えると、鴨は顔を上げて圭次郎を見た。

「富士見屋作兵衛という男は、ずいぶん強欲のようだな」

「はい、欲ゆえのやり手、と思えます」

「女中に聞いたとあるが、どこで聞いた」

「梅干し売りに姿を変えて、台所に入り込みました」

ほう、と鴨の目が大きくなる。

「して、この用心棒の言ったことは、確かか」

「確かです、なにを探っている、役人か、と。そこには書きませんでしたが、襲われたさいに聞いた言葉です」

「襲ってきたのか」

「はい、手下二人を伴い……」

圭次郎はそのときのようすを語る。

「ふむ、殺しはしなかったのだな」

「ええ、殺せば大事《おおごと》になると思い、用心棒の腕は斬《き》りつけましたが、あとはすべて峰打ちですませました」

「そのほう、怪我はせなんだのか」

圭次郎は黙って頷く。

ほう、と鴨は圭次郎を見て、再び、巻紙に目を戻した。

「この材木石奉行手代、片桐からは、直《じか》に話を聞いたのか」

「はい、石場でお人柄がよいことを知ったので、梅干し売りのふりをして品川の普請場に行きました」

「ふうむ」鴨が頷く。

「で、片桐は富士見屋は石の廃棄が多い、とわかっておるのだな。だが、富士見屋の言い分を鵜《う》呑《の》みにしている、ということか」

「さように存じます。お人柄がよい分、疑うことも少ないのではないでしょうか。聞いたままに報告しているように思います」

「なるほど、で、それを聞いて、そなたどう考えた」

上目で窺う鴨に、圭次郎は背筋を伸ばした。

「はい、富士見屋は、廃棄と称して数から外した石を石屋に売っていると思われます。手代の片桐様はそれを疑わず、御奉行様に報告している、そして……」

言いよどむ圭次郎に、鴨が目顔で「言うてみよ」と促す。

「そして、奉行の笠井様がそれをそのまま通しておられる。疑いをお持ちなのかどうか、それはわかりませんが」

「ふうむ、そうさな」鴨は腕を組んだ。

「ここまでの調べでは、奉行の関与があるのかないのか、はっきりしない。圭次郎殿、引き続きそれを調べてほしい」

「はあ」

圭次郎は返事をしつつ、鴨の顔を見た。前々から喉元で抑えてきた問いがある。

「一つ、伺ってもよいでしょうか」

「ふむ、なんだ」

「なにゆえに、わたしにこのようなご依頼をなさったのでしょうか」

ふうむ、と鴨は腕をほどいて、窓を指さした。その下は腕貸しの木札が下がっている。

「書も絵も算盤《そろばん》も、剣術もできると書かれている」

「あ、はい。文武ともに修めよ、と父から厳しく命じられたもので。ですが、とても修めた、と言えるほどではありません」

「ふむ、それなりにできればよい。そして、腕を貸すと書いてあるな」

「はい、できることであれば、やるつもりです」

「うむ、そなた、機に臨《のぞ》み変に応ず、を知っているか」

鴨の問いに、圭次郎は小首をかしげそうになるのを抑えて、答える。

「臨機応変《りんきおうへん》、ですね」

「そうだ、臨機応変に動くには、一つのことに秀《ひい》でているだけでは無理だ。さまざまな見方ができ、対応できる幅の広さが必要だ」

「はあ」

「ゆえに、この木札の主《ぬし》ならできよう、と思うたわけだ。圭次郎殿、以前に渡した金はまだあるか」

「え、はい、まだ少しは」

「梅干し売りなどをしたのであれば、それなりに出たであろう」

鴨は懐から財布を取り出し、金の粒をいくつか懐紙《かいし》に包んだ。

「これを使うがよい」

「はい、かたじけのうございます」

受け取りながら圭次郎は、問いをはぐらかされたような気がして、上目で鴨を窺った。その目を躱《かわ》すように、「では」と鴨が立ち上がる。

「次は七日に参る」

そう言うと、また音もなく階段を下りて行った。

圭次郎もあとを追って、下りる。が、下に着いたときには、すでに鴨の背中は外へと出ていた。

臨機応変、か……。つぶやきながら、圭次郎は道を照らす陽射しを見つめる。と、その目を見開いた。

まてよ、鴨の姿を見たのは、この家に家移りしてきたその日ではなかったか……まだ、木札は下げてなかったはず……。

圭次郎は表の道へと飛び出す。

鴨の姿は、すでに消えていた。


「圭次郎、いるか」

戸口から、そっと顔が覗いた。東吾だ。

「おう、いるぞ」

仰向けになって考え込んでいた圭次郎が飛び起きると、東吾は、

「客は帰ったのか」

と言いながら、入って来た。

「客、とは誰のことだ」

「しばらく前に来たのだが、侍が入って行くのを見て、遠慮したのだ。あれは誰だったのだ」

「ああ、そうだったのか……そう、あれは腕貸し稼業の客なのだ」

圭次郎が座敷に上がった東吾に座る場所を空けると、

「ふうん、どういう依頼なのだ」

どっかと座って、首をひねった。

「いや……それは、口外せぬことになっている」

へえ、と再び首をひねる。が、すぐにそれを戻して手を打った。

「そうか、きっとあれだ。そなたを養子にしたいという家があって、あの客が調べに来たのだ、そなたの器量はいかほどか、と」

はあ、と圭次郎は目を丸くした。

「そんなことが……」

「いや、あってもおかしくはないぞ。勘当《かんどう》はされたが、それほど悪いことをしたわけではない。それは広まっている話を聞けば誰でもわかるだろう。で、よい若者らしい、うちの娘婿《むすめむこ》に迎えようではないか、とこうきたわけだ、なっ」

うれしそうな東吾の面持《おもも》ちに、圭次郎は笑いを誘われる。

「まあ、そうか、ないとはいえないな」

「だろう、そうに決まっている」

満面の笑みを浮かべる東吾に、

「そういえば、そなたの養子の話はどうなった」

圭次郎が問う。

「ああ、正式に決まった。来年、祝言《しゅうげん》を挙げて先方の家に入ることになった」

「そうか、それはめでたい。なれば祝おう、また居酒屋にでも行こうじゃないか。このあいだの店は肴《さかな》が少なかったから、別の店を探そう」

圭次郎は東吾の背を叩いて、外へと出た。

繁華《はんか》なこの辺りには、飯屋や居酒屋も多い。

人々が行き交う道を歩いていると、「おい」という声が足音ともに追って来た。その足音が前にまわり込む。

「おお、やはり、平石圭次郎殿」

南町奉行所同心の末吉平三郎だった。末吉は隣の東吾にも気がつく。

「これは、金井東吾殿、であったな」

末吉が矢場《やば》で聞き込みをしていたとき、名乗り出たのが東吾だった。

「これは、その節はお世話になりました」

圭次郎と東吾がともに礼をすると、末吉は「いやあ」と笑顔になった。

「二人、そのまま仲よく付き合っているのだな、それはよかった。ああいうことがあると、仲違《なかたが》いしてしまう者も多いからな」

「いやぁ、わたしたちは幼なじみですから」

東吾の言葉に圭次郎も続ける。

「ええ、仲違いなど、思いもしませんでした」

ふむ、と末吉は圭次郎をつくづくと見る。

「それに、平石殿はお父上からたいそう叱責《しっせき》されたと聞いたゆえ、気にかかっていたのだ」

あえて勘当という言葉を避けた末吉に、圭次郎は笑顔を作った。

「ああ、お気遣いいただきまして……ですが、町暮らしにも慣れましたし、不自由はありません、大丈夫です」

「そうか、いや、よかった」末吉も笑顔を広げて頷く。

「ああ、すまん、どこかに行く途中だったのだな。どちらに行かれる」

「いや、居酒屋に行くつもりで歩いていました」

「おう、居酒屋か、ならばよい店を知っているぞ。だてに毎日歩いておらんからな。そら、あの角に縄暖簾《なわのれん》が見えるであろう、あの店は安くてうまい。鰯《いわし》の塩焼きと鯵《あじ》の干物は一番だ」

はあ、と二人は指で示された先を見た。

「では、行ってみます」

会釈をする二人に、末吉は「おう」と手を上げ、来た道を戻って行った。

店に入り、二人は奥の小上がりに落ち着いた。

燗酒《かんざけ》の入ったチロリを傾けて、二人はぐい呑みを掲げた。

「うむ、うまいな」東吾は目を細める。

「なあ、そなたも養子となれば、我ら、お城で会えるかもしれんぞ」

「まだ、そうと決まったわけではない。それに……わたしは役人には向かん」

圭次郎は首を振って東吾を見た。

「ところで、養子先のお役目はなんなのだ」

「賄吟味役《まかないぎんみやく》なのだ」

「ほう、よいではないか。そなたは正直だし、我慢強いゆえ、役人に向いている」

「む、そうか。そなたもそつがないし、なんでもできるではないか」

東吾は炒《い》り豆腐《どうふ》を呑み込んで言う。圭次郎はやや固い鯵の干物をほぐしながら、苦笑を返した。

「いや、わたしは性根が曲がっているし、堪《こら》え性《しょう》がない。役人は窮屈《きゅうくつ》そうで、正直、やりたくないのだ」

「ふうむ、窮屈と言えば、そうかもしれんな」

東吾はがんもどきの煮物を箸《はし》でつまみ上げる。

圭次郎は鰺を飲み下すと、口元を歪めた。

「実はな、昔、父の姿を下城の道で見かけたことがあるのだ。父は気づいてなかったが、偉そうなお方に道を譲っていた。そのお人に声をかけられ、ぺこぺこと頭を下げていたのだ」

ふうん、と聞き入る東吾に、圭次郎は苦く笑う。

「父は家では叱るばかりで笑うことなどない、母にさえなにかを命じるほかは口を利こうとしないのだ。伯母《おば》上にはしかたなしに従うものの、それ以外に頭を下げたことなどないくらいだ」

「へえ、うちは逆に、母のほうが父に小言を言ったりしているがな」

「東吾のお父上は温和だものな。うちは厳しいばかりだった。だから、あのように頭を下げ、笑っている姿は、なんというか……いやなものを見た気がしたのだ。役人とは、あのようなものなのか、と思ってな。それに……」

圭次郎は鴨に聞いた話も思い出していた。着物がよくなった、弁当が豪勢になったなどという噂が、城中では交わされるという。

「なんだ」

「いや、なんでもない」

圭次郎は首を振る。この先、城中で仕事をする東吾には言わないほうがいいだろう。いずれ、わかることでもある……。

「そうか」東吾は酒を注ぐ。

「まあ、確かに、圭次郎は型にはまるのは向いてないかもしれんな。もっと、のびのびと生きるほうがそなたらしい、ともいえる」

「野放図《のほうず》なだけだがな」

苦笑する圭次郎に、東吾は「ああ、そうだ」と顔を上げた。

「さっき、暇をつぶすために両国に行ったのだ。矢場にも顔を出したのだが、主《あるじ》の久兵衛がそなたのことを気にしていたぞ」

「久兵衛さんが」

「ああ、勘当になったと聞いて、自分のせいだと気に病んでいるのだ。詫びと礼がしたいから、そなたの住まいを教えてくれ、と言われたから教えた。まずかったか」

「いや、それはかまわんが……詫びも礼もいらんのにな」

「まあ、そういうな。筋を通しておかねば、すっきりとせんのだろう。町人はけっこう義理堅いものだ」

「うむ、わたしも町で暮らして思った。体面を重んじるだけの武士よりも、町人のほうがむしろ実《じつ》がある」

そのとき、

「お客さん」

居酒屋の娘がやって来て、皿を差し出した。

「これ、どうぞ」

皿には目刺《めざ》しが載っている。

「や、頼んでないぞ」

圭次郎が首を振ると、娘はにこりと笑った。

「さっきの鯵の干物、ちいと焦《こ》げちまったから、お父っつぁんがお詫びにって」

圭次郎と東吾は、顔を見合わせると、笑顔でそれを受け取った。

四

圭次郎は仕入れて来た小梅とらっきょうを、蓋付きの鉢に移した。

ここ数日、富士見屋に梅干しを売りに行くうちに、らっきょうも求められ、仕入れるようになっていた。

空の木箱の中を雑巾《ぞうきん》で拭き、圭次郎は奥に短刀をしまう。品川で絡《から》まれて以来、持ち歩くようになっていた。

鉢も入れると、圭次郎はいつものように裏口から出て行った。

歩き馴れた道を通って、富士見屋の勝手口に着くと、

「まいど、梅干し売りで」

手拭いの頬被り姿で入って行く。町人言葉にもなじみ、腰を折るのにも馴れた。つい、背筋を伸ばしてしまう癖はまだ出るが、すぐに気づいて丸めるようにしている。

「あら、来たね、待ってたよ」

女中のおきよはにこやかに迎えてくれる。

「暑くなったから、梅干しが減って減ってさ。全部、置いてってとくれ、らっきょうもね」

「へい、汗をかくとしょっぱいもんがほしくなりますからね、あっしなんかも歩いていると……。」

圭次郎は無駄話をしながら、奥へと目と耳を配る。

「孫六《まごろく》、支度はできたかい」

主の作兵衛の声が聞こえてくる。

「へい、いつでも出られます」

出かけるのか、と圭次郎は耳をそばだてた。

梅干しとらっきょうを渡すと、圭次郎は「まいどあり」と、外へと出た。

ゆっくりと表にまわり、遠目からようすを窺う。

やがて、作兵衛の姿が現れた。あとに付いているのは孫六と呼ばれた男だろう、風呂敷に包まれた箱を抱えている。

圭次郎は二人のあとをそっと付けた。

二人は海のほうへと歩いて行く。

石場の手前を通り過ぎ、さらに海に近づいた。

その先には洲崎《すざき》がある。海に突き出た小さな岬は、風光明媚《ふうこうめいび》な名所だ。

その手前で、二人は道をそれた。

浜辺近くに建つ船宿に入って行く。

多度屋《たどや》という看板を見上げて、圭次郎は宿をまわり込み、裏へとまわった。海に突き出た桟橋《さんばし》があり、屋根船が三艘《そう》つながれている。船に乗って遊興する客のためのものだ。

船に乗るのだろうか、と圭次郎は宿を見上げた。二階建てで、海に向かって窓が並んでいる。人の声や小唄が流れてくる窓もある。ここで、宴会もできるらしい。

どうするか、と圭次郎は唇を嚙んだ。船宿に上がるほどの金子《きんす》は持ち合わせていない。

と、一番奥の窓が開いた。顔を覗かせたのは作兵衛だ。海風を受けて目を細めている。

部屋をとったのか。ということは、誰かが来るのだな……。圭次郎は、表が見える場所に移り、小さな小屋の陰から道を見つめた。

道をさまざまな姿が行き交う。

洲崎に行くのであろう遊山《ゆさん》めいた人々もいれば、武士の姿もある。この辺りは大名の別邸も多い。

あ、と圭次郎は息を吞んだ。

やって来る武士の一人に目が吸い寄せられる。材木石奉行笠井甚右衛門だ。うしろに供侍が一人、付いている。私用であるのは明らかだから、役人ではなく家臣だろう。頬骨が目立ち、目つきも鋭い。

「清右衛門《せいえもん》」

笠井の声で、その家臣が止まった。

「そなた、外で待っておれ、すぐにすむ」

「はっ」

清右衛門に背を向けて、笠井が宿に入って行く。

それと入れ替わるように、孫六が出て来た。人払いをして、二人だけで対面するらしい。

圭次郎は首を伸ばして、孫六の姿を追った。道の向こうの水茶屋に行くと、孫六は長床机《ながしょうぎ》に座って、団子を食べはじめた。

のんきなものだな、と圭次郎は目を清右衛門に移した。清右衛門はゆっくりと道を歩き出していた。宿の前を行き来しながら、主を待つつもりらしい。

圭次郎は手にしていた箱を置くと、奥から短刀を取り出した。それを懐に入れると、宿の裏口にまわる。桟橋に出るための戸口だ。

そこからそっと上がり込むと、階段を探した。

あった……。足音を忍ばせて階段を上がり、一番奥の部屋へと廊下を進む。

締め切られた襖《ふすま》の前で、圭次郎は息を潜めた。

「砲台を増やすかもしれない、という話を聞きましたが」

作兵衛の声に笠井が答える。

「うむ、異国船が増えているからな、防護を固めなくてはならん。いずれ、砲台は増えるであろうから、石を集積することになろう」

「さようでございますか。では、今後とも、よろしくお願い申し上げます」

畳の上をなにかが動く音がする。風呂敷包みを差し出しているのだろう。いかにも重そうな音だ。

「ふむ、しかし、あまりおおっぴらにやるでないぞ。廃棄の数がこれ以上増えれば、ほかの奉行の目に留まる。そうなれば、目こぼしができなくなるからな」

「はい、重々……これからは数よりも質を重んじることにいたします」

作兵衛の言葉に、「ふっ」と笠井の失笑が洩れる。

「まあ、抜け目のないそなたのことゆえ、ぼろは出すまいが」

やはり、そうだったか……。圭次郎は目を伏せて、聞いたことを耳の奥にしまい込む。と、作兵衛の声音が変わり、圭次郎は目を開いた。

「実は……申し上げるべきかどうか、迷ったのですが……」

「ふむ、なんだ、申してみよ」

「はい、先日、うちの若い者三人が怪我をして戻って来まして……」

圭次郎は息を止めた。竹蔵らが襲ってきて、返り討ちにした件に違いない。作兵衛は竹蔵から聞いた話を伝えている。

「ほう、その者、身分は明かさなかったのか」

「はい、どこの誰かはわからず……」

わたしだ、と圭次郎は、唾《つば》をそっと呑み込む。手にじんわりと汗がにじんできたが、そのまま耳をそばだてた。が、その耳に別の音が飛び込んで来た。階段を上がってくる音だ。

誰だ……。

ここは突き当たりで、逃げ場はない。

圭次郎はそっと襖の前を離れた。

こうなったら、やって来る者と入れ違いに廊下を抜けよう……。階段に向かって歩き出すと、上がって来た人が姿を現した。番頭のようだ。

「おや、お客さん」圭次郎の顔をじろりと見る。

「どこの間のお方ですか」

「いや、迷ってしまって」

横を抜けようとする圭次郎の前に、番頭は身をずらして立ちはだかる。

「二階は二組だけですが、ご案内した覚えがありませんね。ちょっと、お待ちを」

そう言うと顔を振り向け、「旦那様」と大声を出した。

「来てください、怪しい男がいます。盗人《ぬすっと》かもしれません」

部屋の中がざわめく。

「なんだ」

と、奥の襖が開いた。

笠井と作兵衛が出て来る気配が立った。

圭次郎は番頭を突き飛ばす。と、階段を駆け下りた。

背後で、「加納《かのう》清右衛門、いるか」と怒鳴る声が響いた。

階段を上ろうとしていた主を弾いて、圭次郎は裏口から飛び出した。

二階の窓から、笠井が身を乗り出している。

「清右衛門、こっちだ」

清右衛門が表から駆けて来る。

「その者、捕まえろ、身元を質《ただ》せっ」

主の指示に、清右衛門は圭次郎の前に立ち塞《ふさ》がった。

腰の刀に手を伸ばし、清右衛門は圭次郎を睨《にら》む。

「そなた、何者か」

圭次郎は懐に手を入れた。それを見た清右衛門が、鯉口《こいぐち》を切る。

懐から取り出した短刀を、圭次郎は抜いた。と、同時に、清右衛門も刀を抜く。

「名を名乗れ」

刀を構え、清右衛門は足をじりりと踏み出す。

圭次郎は口元を歪めつつ開いた。

「市川團十郎《いちかわだんじゅうろう》」

くっと、清右衛門の顔がひきつる。

「このっ、ふざけおって」

刀が空を切って、振り上げられた。

圭次郎は横に身を躱し、飛ぶ。

突っ込んできた清右衛門は、前のめりになって、踏みとどまった。

振り返る清右衛門に、圭次郎も身を翻《ひるがえ》して、向き直る。

短刀を逆手に構え、じりじりと横に移動する。

「そなた、武士だな」

清右衛門の声に、上から笠井の命《めい》が落ちてくる。

「武士なら斬れ」

頷きとともに、清右衛門の刀が上へと上がった。

いまだ、と圭次郎は身を低くして、その右へと飛び込んだ。

長刀は至近に弱い。

圭次郎の短刀が、清右衛門の脇の下を斬り上げる。

うっと呻《うめ》き声が上がり、振り上げた腕の動きが止まった。清右衛門の右腕が下に下がる。圭次郎は背後へとすり抜け、短刀の柄《つか》でうなじを打った。

身体が傾き、清右衛門がゆっくりと振り返る。

圭次郎はその目から逃れ、走り出した。

笠井の怒鳴り声が聞こえる。作兵衛の声も混じるのがわかった。が、走る耳から、すぐに遠ざかって消えていった。

五

「えっ、貸した箱と鉢をなくしちまったのかい」

煮売り屋のおみねが大きく口を開けた。

「いや、うっかり川に落としてしまって。弁償《べんしょう》します、いくらあれば……」

本当は置き去りにしたのだが、騒ぎを起こした以上、取りに戻るわけにはいかない。

頭を下げる圭次郎に、おみねは首をひねる。

「そうさねえ、使い古しだから、二朱でいいかね。どうだい、おまえさん」

呼びかけられた吉三は、子供をあやしながら顔を向ける。

「一朱でいいだろうよ、鉢だって縁が欠けてたんだ」

「あら、また甘いって言うと思ったら、意外だね」

「へん、やきもちなんぞと言われたかかねえからな。それより、また同じのを持ってかい」

「ああ、いえ、梅干し売りはもうやめます」

圭次郎が首を振ると、吉三は笑った。

「やっぱりな、お侍に出商いは向いてねえよ。まあ、三日で止めると思ったが、よく保《も》ったほうだ」

「そう、それより、圭次郎さん」おみねが外を指でさす。

「お客だよ、あの人。昨日も一昨日《おととい》も来てたんだ」

外を通った男が、木札の下で立ち止まるのが見えた。

圭次郎はあわてて出て行って、男に声をかける。

「なにか、頼み事ですか」

「ああ、あんたさんが腕貸しかね」

三十過ぎと見える町人が、目をしばたたかせた。

「はい、まあ、どうぞ」

圭次郎の招きに、男は上がり込む。

「あたしは亀井町《かめいちょう》に住む松吉《まつきち》ってえんで」

そう言いながら、懐から巾着袋を取り出した。ふくらんだ袋は銅銭のぶつかり合う音がする。一文銭が詰まっているらしい。

松吉は身体を揺らしながら、圭次郎を上目遣いに見た。両の手を合わせて、指をもじもじと動かしている。

「どういう依頼でしょう」

圭次郎の問いに、松吉は下を向く。が、しばしの間を置いて、思い切ったように顔を上げた。

「熊公《くまこう》の野郎をとっちめてほしいんで」

は、と圭次郎は首をかしげる。

「ええっと……熊公というのは……」

「く、熊公は鍛冶屋《かじや》の仕事仲間なんで。あいつは、いっつもおれのことを小馬鹿にしやがるんだ」

「はあ」

「このあいだなんぞ、おれの分の団子を黙って食いやがって、その前にも、親方のくれた弁当をとりやがったんだ」

「ふうむ、それはひどい」

「ああ、そうだろう。いっとう腹が立つのはよ、てめえがやらかした仕事のへまをおれのせいにするんだ」

　ううむ、と圭次郎は腕を組んだ。

「それで熊公というお人に腹を立てている、と」

「そうさ、あのやろう、一度、とっちめねえと性根は変わらねえ。だから、ぼこぼこに殴ってほしいんだ」

「わたしが、やるんですか」

「お、おうよ」

　ううむ、と圭次郎は目を伏せた。

「いや、それは……受けられません」

「なんでだよ」松吉が身を乗り出す、

「腕を貸してくれるって書いてあんじゃねえか、そら、金ならここにある、貯めたんだ」

　差し出す巾着袋を圭次郎は押し返した。

「いや、金のことでは……」

　言いつつ、圭次郎は自問した。なんでも受けるつもり、と言っていたのは自分なのだが……。

松吉はさらに寄って来る。

「なにも殺してくれってえんじゃねえんですぜ。こう、殴ってくれりゃいいんだ、おれが稲荷の杜《もり》にでも呼び出すから」

松吉は両手で殴るしぐさをする。

圭次郎は顔を上げた。

「いや、これは矜持《きょうじ》に関わることゆえ……」

「はあ、おれぁ行司《ぎょうじ》を頼んでるんじゃねえんだ。悪いのは熊公だって、はっきりしてるんだからよ」

「いや、そうではなく……」

圭次郎は首を振りながら、そうか、と己《おのれ》に頷いた。鴨の仕事を受けたのは、その内容にひかれたせいもあったのだ……。

圭次郎は膝で寄って来る松吉を手で制して、見据えた。

「腕は貸せません。代わりに知恵を貸しましょう。策を練るのです」

は、と身を引く松吉に、圭次郎は問う。

「これまで、熊公さんに文句を言ったことがありますか」

「ああ、あるよ、はじめの頃にちゃんと言ったさ。親方の前で、変に突っかかるのはやめてくれって。けどよ、したら、ますますひどくなったんだ。それも親方のいないところでやりやがる」

「なるほど、それを親方に告げましたか」

「ああ、言ったともさ。けど、熊公は親方には愛想がいいもんで、おれの言うことは話半分にしか聞いてくれねえんだ。逆に、もっと仲良くやれって、おれのほうが怒られる始末でさ」

「ふうむ、わかりました」圭次郎は膝を打つ。

「では、こうしましょう。その鍛冶場は辞めて、ほかの鍛冶場で働くのです」

「はあ、なんで、おれが追い出されなけりゃならないんだ、熊公のやつがあとから入って来たんだぜ」

「はい、ですが、相手を変えることはできません、だから、自分が変わるんです」

はあぁ、と顔を歪める松吉に、圭次郎はゆっくりと言葉をつむぐ。

「追い出されるという考えを変えるんです。松吉さん、ごみは捨てるでしょう」

「ああ、そりゃ、な」

「いらなくなったものは捨てる、その鍛冶場も捨てればいいんです」

圭次郎の微笑みに、松吉はしばらく口を開けたあと、それを動かした。

「け、けどよ、仕事をなくしたら、おまんま食っていけなくなるぜ」

「だから、今の鍛冶場で働きながら、ほかの鍛冶場を探すんです。御公儀が砲台や鉄砲を増やしているのは知ってますね」

「おう、もちろんさ。こちとらの仕事も増えて忙しいんだ」

「ほうら、でしたら鍛冶職人はどこだってほしいに決まってる、仕事先はすぐに見つかりますよ。次が決まったら、辞めればいい」

にこやかな圭次郎の面持ちにつられて、松吉の顔も弛んでいく。

「そっか、そういう手もあるか」

顎《あご》を撫《な》でて頷く。その顔がぱっと笑顔になった。

「おう、わかった、そうしてみる。そいつは考えつかなかったぜ、そうだ、捨てりゃいいんだよな」

松吉は腰を浮かせかけて、それを途中で止めた。

「おっと、礼をしなきゃいけねえ」巾着を開く。

「いくらですかい」

ううむ、圭次郎は上を向く。

「そうだな。知恵だけですから、五十文で」

「なんでえ、豆腐だって六十文するぜ、いいんですかい」

そう言いながら巾着の口を横にすると、じゃらじゃらと穴の開いた一文銭を畳に落とし、山を作った。

「そいじゃ、これで」

「いや、これでは多い」

「なに、安いくらいで。おかげで、目の前が明るくなったってもんだ。お侍さん、若いのに偉《えれ》えな。やっぱ、学があると違《ちげ》えや」

松吉は立ち上がると、「そいじゃ」と言って出て行った。

圭次郎は一文銭の山を見つめて、まあいいか、とつぶやいた。


翌日。

文机に向かっていた圭次郎は、ふと顔を上げた。戸口に人影が立ったためだ。

「伯母上」

紫乃が中間《ちゅうげん》の佐助を連れて、入って来る。

圭次郎は慌てて文机を隅へと移した。

「まあ、なにを書いていたの。代書でも頼まれたの」

紫乃の問いに、圭次郎は笑って頷く。

「ああ、まあ、そのようなもので」

向かい合う二人のあいだに、佐助が風呂敷包みを置いて、開く。中から現れたのは、重箱だ。紫乃が上の蓋を開ける。黄色い卵焼きに、鰆《さわら》の焼き物、青菜のおひたし、たたきごぼうに煮豆が入っている。

「雪乃が作ったんですよ」

「母上が」

「ええ、もっと心配するかと思っていたのに、さほどでもないの。圭次郎は肝《きも》据わったところがあるから大丈夫、と言ってね。でも、わたくしが訪ねると言ったら、これをね……そなたの好物でしょ」

「はい」

重箱を覗き込む圭次郎をしみじみと見て、紫乃は小さな息を落とした。

「元気そうで安堵《あんど》しました。ちゃんと食事もとっているようですね」

「ええ、隣が煮売り屋なので、助かっています」

そう、と紫乃は頷いた。

「先日、紗江が来たでしょう。わたくしも来たかったのですけど、腰を痛めていたのでやめたのです」

「え、大丈夫なのですか」

「ええ、もうすっかりいいの。そうしたらね……征四郎が言ったのよ、圭次郎のようすを見てきてくださいって」

「は、父上がですか」

驚く圭次郎に、紫乃が頷く。

「わたくしも驚きましたよ、あの征四郎が気にかけるなんて。紗江に短刀を届けさせたのも意外でしたけどね」

「はあ、わたしも意外でした」

「ねえ」紫乃は首を振る。

「若い頃からお役目にばかり励んで、家のことなど気にかけない子だったのに。はじめは、勘当したのがうしろめたいのかと思いましたけど、ときおり、そわそわするようになったし、これまでの征四郎らしくない、という気がするのよ」

「そわそわですか」

と、圭次郎は首をひねる。

あ、もしかしたら、と東吾の言ったことを思い出した。誰かが養子に望んでいるかもしれない、という話だ。しかし……。

「あの、伯母上は、なにか聞いてないですか、噂のようなものでも」

「噂……いいえ、なにも。そなたの母や征一郎らにもなにかあったのかと、尋《たず》ねてみたのだけれど、誰も、なにも知らない、という返事でしたよ」

「はあ、そうですか」

「まあ、親子の情に目覚めたのならよいのですけど」

紫乃の苦笑は、そう信じ切ってはいないことが読み取れる。

そうですね、と圭次郎も苦笑を返した。

「して、そなたから征四郎になにか伝えたいことはあるかしら」

改まった問いに、

「いえ、特には」

首を振ると、そう、と紫乃は腰を上げた。

「では、わたくしは戻ります。圭次郎、途中まで送ってちょうだい」

はい、と立つ圭次郎に紫乃は片目を細めた。

「日本橋へ寄って行きましょ。新しい役者絵が出たそうよ。それに三味線《しやみせん》の糸を買って、扇子《せんす》も探さねば、ついでに呉服屋も覗いて……」

え、と佐助が寄って来る。

「そんなに歩きまわるんなら、紫乃様、どこかで団子を食いましょう、できたてのやつを」

「あら、よいわね」ほほほ、と笑って紫乃は、圭次郎を見上げる。

「と、いうことよ」

「はい、わかりました」

圭次郎は頷いた。

六

七日。

約束どおりにやって来た鴨に、圭次郎は先日の出来事を書き記した巻紙を渡した。

富士見屋作兵衛と材木石奉行の笠井が、密かに会っているのを突き止めたのは、探索の一番の成果だ。

読むにつれ、鴨の顔が険《けわ》しくなっていく。

顔を上げた鴨は、圭次郎を見据えた。

「よう、調べたな」

「富士見屋に通った甲斐《かい》がありました」

うむ、と鴨はつぶやくように言う。

「材木石奉行が富士見屋とつながっているのは明らかになった。利益の何割かを渡しているのだろう」

「はい、箱は菓子折の大きさでしたが、重そうなようすからして、菓子とともに金子が入っていることが察せられました」

「ふむ、賄《まいない》でよく使われる手段だ」鴨は文字に目を落とす。

「船宿は多度屋というのだな、おそらくいつも使っているのだろう」

「深川の町から外れた、目立ちにくい場所です」

圭次郎の頷きに、鴨は巻紙を懐にしまった。そのまま、沈思《ちんし》すると、ゆっくりと圭次郎を見た。

「そなたは奉行の家臣と顔を向き合わせたのだな」

「はい、わたしは町人姿だったのですが、短刀の使い方からでしょうか、武士と見破られてしまいました」

「ふむ、ならば、もう奉行は追わずともよい」

はい、と圭次郎が面目なさで顔を伏せると、鴨はゆっくりと言葉を放った。

「調べはこれで終わりだ。が、いましばし、富士見屋の動きを見張ってほしい。なに、ここまでわかればもう毎日行かずともよい、ときどき行って、なにか変わりはないか、見るだけで十分だ」

「はっ、承知いたしました」

圭次郎は立ち上がる鴨を見上げて、しかし、と思う。となると、いったい、いつ終わりになるのだろう……。

鴨はそんな圭次郎を振り返ることなく、階段を下りて行った。


朝餉を終えてひと息ついていると、窓の外から大きな声が上がった。

「ひらり圭次郎。ああ、ここだ」

誰だ、と身構えていると、戸口に男が現れた。矢場の主の久兵衛だ。

「ああ、いらした、よかった」

圭次郎の姿を見て、たちまちに笑顔になり、入って来る。

「やあ、久兵衛さんか、東吾と会ったそうで」

「はい、そうなんですよ。で、こちらを聞きまして。お邪魔してようござんすか」

返事をする間もなく、上がって来る。

手にしていた風呂敷包みを置くと、すぐにそれを解いた。

「いやぁ、お礼とお詫びに上がろうと思っていたのに、遅くなってすみません。ご迷惑をおかけしました」

木の箱をずいと押し出して、にこやかに笑《え》んだ。

「下り物のお茶です、心ばかりで」

「や、礼も詫びもいいのだ、勝手にやったことなのだから」

「いえいえ、そうおっしゃらずに。あの浪人二人組がいなくなっただけでも、あたしどもは助かっているんですよ。あの二人は、いくども面倒を起こしておりましたんで。こんなお茶ごときですませられることではないんですが」

「いや、下り物の茶が貴重なのは承知している。かえって申し訳ないくらいだ」

顔を振る圭次郎を、久兵衛はしみじみと見る。

「いいえ、あの騒ぎが元で、勘当されたと聞いたときには、この久兵衛、胃の腑《ふ》が縮みましたよ。お若いのだから、まだ先があったはず……ああいえ、なくなったと申しているんじゃありませんがね」

手を振る久兵衛に、圭次郎は苦笑する。

「まあ、元からないようなものだ。それに、町暮らしは面白い。久兵衛さんも気にしないでください」

家を出てせいせいしている、という気持ちもあるが、さすがにそれを口にすることはできない。

「そうおっしゃっていただくと……」久兵衛は家の中を見渡す。

「なにかご入り用の物があったら、言ってくださいよ。お旗本のお屋敷暮らしに比べたら、さぞかし不自由でしょうから」

大きな声が家の中に響く。矢場で大声を上げているせいか、久兵衛の地声はよく通る。

「いきなり勘当されたら、誰だって途方に暮れますよ。町人の倅《せがれ》だって、勘当されればうろうろするばかりで……」

「ああ、いや」圭次郎は声を落とした。

「あまり勘当勘当と言われると、ちょっと……ここはまわりに聞こえるので」

はい、と久兵衛は首をひねる。

「圭次郎様は悪いことをしたわけでなし、知られて困ることはないでしょうに」

「いや、いちいちわけを話すことはできないし、勘当というだけで、悪さをしたと思われるのはしかたないこと……」

「なんとまあ、そんなふうに言うお人がいるんですか」

「ああ、まあ……」

「それは放っておけませんな」久兵衛が立ち上がる。

「ならば、ここはあたしの出番」

腕を振って外へと出て行く。

え、と目で追う圭次郎を振り返ることなく、久兵衛は家の前に立った。

胸を広げると、大きくその口を開く。

「皆さん、聞いてくださいな。ここにおられるひらりの圭次郎様は、よいお人ですぞ。あたしどもを助けるために、無法者の浪人を成敗《せいばい》してくださったんです。おかげであたしの店も助かり、これまで迷惑を被《こうむ》ってきた、まわりの店も助かっているんでございます」

突然、響き渡った大声に、辺りがしんとなる。

圭次郎は慌てて戸口へと走った。

右隣から煮売りの夫婦が顔を覗かせ、左隣の錺職人《かざりしょくにん》兄弟も出て来た。

向かいの家では座った弥右衛門が顔を上げ、窓からは涼音が顔を覗かせていた。

「いや、久兵衛さん」

止めようとする圭次郎の手を払い、久兵衛は、さらに大口を開ける。

「圭次郎様のお家は格式高いお旗本ゆえ、騒ぎになったと、そのことだけでお叱りを受けて勘当されたのです。ですがね、皆さん、圭次郎様は悪さをするようなお方ではありませんよ」

辺りの家々からも人が出て来る。

「へえ、勘当だってよ」

「お旗本かい、どうりで品があると思った」

ささやく声に、圭次郎は思わず顔を伏せる。

「そういや、両国で騒ぎがあったな」

「ああ、狼藉者《ろうぜきもの》を成敗したってやつだろ、それがこのお人だったのかい」

皆の目が圭次郎に集まる。

隣のおみねはつかつかと寄って来て、圭次郎を見上げた。

「へえ、いい家の生まれだったんだねえ、勘当とは気の毒に」

「なんでえ、家を追い出されてここに来たのかい」

夫の吉三が顔を子供のように歪める。

「そんならそうと教えてくれりゃよかったのによ。おう、これからはなんでも言ってくんな」

肩を揺すられ、圭次郎はさらに下を向いた。

その横で、久兵衛は胸を張る。

「わかってもらえましたか、圭次郎様はよいお方。どうぞお間違いなきように」

赤くなった顔を、圭次郎は上げられない。

が、その目の端に、向かいの戸口が映った。

涼音が立っている。口に手を当てて、圭次郎を見ているのがわかった。その口が小さく動くが、言葉は聞き取れなかった。

第五章　裏と表

一

袴《はかま》姿に二本差しで、圭次郎は永代橋を渡った。

富士見屋の前をゆっくりと通り過ぎて、遠目から見る。変わったようすはない。

辺りを歩いて、今度は富士見屋の裏手にまわる。そこでも遠目に見ていると、圭次郎ははっと目を瞠《みは》った。塀の裏口から男が出て来る。以前、襲ってきた竹蔵の手下、駒三だ。竹蔵は腕を斬《き》ったが、駒三は峰打ちにしたため、大した怪我ではなかったのだろう。

その駒三に続いて、作兵衛も現れた。駒三は辺りに目を配りながら、作兵衛のあとに付くと、そのまま二人は歩き出した。

今日は手代でなく、用心棒を連れて行くのか……。圭次郎は大きく間合いを取って、後ろ姿を追った。

その道筋は、先日と同じだ。

作兵衛は多度屋に入って行く。駒三は宿の脇に退いて、立った。

また、奉行の笠井が来るのだろうか……。圭次郎は向かい側の路地に隠れて、宿を窺《うかが》う。

どうする、また宿に上がるか、と圭次郎は頭を巡らせる。作兵衛とは顔を合わせたわけではない。清右衛門と刃《やいば》を交わしたときも、上から見ていたのだから、顔はわからないだろう。しかし、宿の者には顔を見られている。それに以前、立ち合いになった駒三には、顔を覚えられているに違いない。

圭次郎は己《おのれ》の侍姿を見た。前に来たときには町人姿であったから、すぐにはわからないかもしれない、だが……。迷いつつ、宿を見つめる目に、人影が飛び込んで来た。笠井だ。清右衛門も連れている。

やはり、か……。

清右衛門も宿に上がらずに、戸口の脇に立った。

おそらく先日の騒ぎのせいで、警戒しているのだろう。清右衛門は肩肘《かたひじ》を張り、仁王《におう》のように立っている。

圭次郎は路地に身を隠したまま、唇を噛んで、ようすを見つめた。と、その口をはっと開いた。

笠井のやって来た方向から、一人の侍が現れたのだ。

鴨だ。

圭次郎は唾《つば》を呑み込む。

なぜ、ここに……いや、そうか、わたしが顔を知られたから、自ら笠井を調べることにして、あとを付けて来たのだろう……。

鴨は清右衛門の前を通り過ぎ、宿の戸口へと入って行く。

清右衛門はじろりと鴨を睨《にら》み、上がり込む鴨の背中を覗《のぞ》き込んでいる。が、元の場所に戻ると、また仁王立ちになって辺りを睥睨《へいげい》した。

駒三が裏から現れ、ゆっくりと宿の周りを歩いて行く。見まわっているらしい。

宿は静かだ。

しばらくして、笠井が戸口に姿を現した。

清右衛門が素早く寄って行って、なにやら耳打ちをする。

笠井は顔を歪めると、宿を振り向き、そっと脇へと退いた。そのまま、二人で佇《たたず》む。そこに、作兵衛が出て来た。

作兵衛は二人に気づいて、少し顔を向けたが、素知らぬふりをして道を歩き出す。外で待っていた駒三が主《あるじ》に気づき、あわてて走ってあとに従った。

圭次郎は宿を見つめる。その戸口に、鴨の姿が現れた。

鴨の横目が、脇に立つ笠井らを捉えたのがわかった。が、顔をそむけて、鴨は平然と背を向けて歩き出す。

「待て」

清右衛門が駆け出した。

鴨は前を見たまま、歩みを止めようとしない。

「待てと言うておるのだ」

清右衛門が肩をつかみ、引っ張る。と、鴨の身体が反転し、うしろを向いた。

笠井は足を踏み出して、その顔を見る。

「あっ」と笠井の声が上がった。

「そなた……鴨志田《かもしだ》……」

鴨は面持《おもも》ちを変えることなく、清右衛門の手を振り払い、再び歩き出す。

「き、斬れ」

笠井の声が上がる。

清右衛門が刀に手をかけ、鯉口《こいぐち》を切る。

が、笠井が手を上げた。

「ああ、いや、斬ってはならん」

そう制する主人と鴨を、清右衛門は交互に見て、手を止める。

鴨は小さく振り返ると、微《かす》かな冷笑を示した。

笠井の顔が強《こわ》ばる。

鴨は顔を戻すと、早足となって、永代橋のほうへと去って行った。

「殿」

柄《つか》に手をかけたままの清右衛門が、小さくなった鴨の背を見て、主人の顔を窺う。

「よいのだ」笠井は眉を寄せた。

「あの者には手を出すな」

そう言うと、笠井は踵《きびす》を返して歩き出した。

「斬るのは別の者だ」

足音を高くして、宿から離れて行く。

圭次郎はそっと首を伸ばして、そのうしろ姿を覗き見た。

二人は顔を寄せ合いながら、辻を曲がって消えた。

家の戸を開けていると、

「圭次郎殿」

背後から声が飛んできた。

「やあ、一之介殿か」

そう言いつつ、向かいの家を横目で窺う。

「ああ、大丈夫です」一之介は笑顔になった。

「姉上からはこれからは仲よくなさい、と言われましたから」

「そうか」

圭次郎も笑顔になる。久兵衛さんの手柄だな……。

少し背の低い一之介が、踵《かかと》を上げて顔を寄せてきた。

「すみませんでした、以前、姉上があのようなことを申して」

「ああ、いや、気になどしていない。勘当《かんどう》と聞けば姉上のように思うのが普通であろう。ましてや、姉上はお家の再興という志をお持ちなのだ、悪い者を遠ざけようとするのはむしろよいことだ」

一之介は決まり悪そうに、眉を寄せた。

「なれど、それだけはないのです。姉上は前に、どこぞの若侍につきまとわれたことがあるのです。それに、浪人者からもしつこくされて……」

ちらりと見る津田家の窓に、涼音の姿はない。

圭次郎は、なるほど、とつぶやいた。涼音は凜《りん》とした顔立ちだが、美しい。惚《ほ》れる男がいてもおかしくないな……。

「それで、男が嫌いになった、ということか」

「ああ、いえ、嫌いということではなく、その、身構えてしまうようなのです。なので、針を棒ほどに考えてしまう、と言いましょうか」

一之介が指を小さく合わせて、それを大きく開く。その目と口も大きく開くのを見て、圭次郎は笑い出した。

「そうか、いや、よくわかった」一之介の肩を叩くと、頷《うなず》く。

「お気になさらずに、と伝えてくれ。わたしは一之介殿と親しくなりたいと思っていたのだ。いや、よかった」

「はい、わたしもです」

一之介もほっとした面持ちで頷く。

明るい笑顔になって、家に戻って行った。

さあて……。

圭次郎は二階で大の字になると、天井を見上げた。

鴨の名は鴨志田……これは間違いない。奉行の笠井が知っているとなると、どこかの家臣というよりも……。

圭次郎は口を曲げる。東吾の考えは大はずれ、ということだな。しかし、なればどういうお方なのか、それをはっきりとさせたい……。

そうだ、と圭次郎は身を起こした。

開け放したままの窓を見る。西の空はすでに黄昏色《たそがれいろ》に染まり、薄闇が広がりはじめている。

よし、明日だ、圭次郎は空を見上げて、つぶやいた。

二

翌日。

圭次郎は両国へと足を向けた。

広小路は常と変わらず人で賑《にぎ》わっている。

「おや、ひらりの若さんじゃないか」

「ああ、圭次郎様、その節は……」

店の者らが声をかけてくる。

「あとで寄ってくださいな」

水茶屋の女将《おかみ》も笑顔を見せる。

目顔で頷きながら人をかき分け、圭次郎は矢場《やば》の前に立った。

「おや、圭次郎様」

中を覗くと、すぐに久兵衛が飛んで来た。

「矢を射ますか、どうぞどうぞ」

招き入れようとする久兵衛に、圭次郎は小声で返した。

「いや、遊びに来たのではないのだ。久兵衛さん、この辺りで『武鑑《ぶかん》』を持ってる人はいないだろうか。あったら見せてもらいたいのだが」

『武鑑』は幕臣の名簿だ。役名、名前、俸禄《ほうろく》、屋敷の場所、家紋、妻女《さいじょ》に至るまで網羅《もうら》している。商人が求めるため、町の書肆《しょし》が出版しており、定期的に改訂もされる。

「『武鑑』ですか、ありますよ。ここいらの店で金を出し合って、新しいのが出るたびに、買ってますからね。ええと、今は……」

久兵衛は表を見て、「ああ」と斜め向かいを指さした。

「今は煙草屋《たばこや》が持ってます。このあいだ、小間物屋から持って行ったんですよ、得意客が減ったから、新規を作らなきゃって言ってね」

「煙草屋か、では行ってみる」

圭次郎はそちらに小走りになる。

「はい、らっしゃいまし」

赤い唇の娘が微笑《ほほえ》む。煙草屋につきものの看板娘だ。

「いや、客ではないのだ」

首を振る圭次郎のうしろから、追って来た久兵衛が首を伸ばした。

「おうい、旦那《だんな》、いるかい」

「あいよ」

出て来た主に、久兵衛がわけを話す。

主はすぐに奥へ行くと、厚い書物を持って来た。

「はいな、『武鑑』です、どうぞお持ちください」

「え、借りて行ってもかまわないのか」

「むろんです」

煙草屋の主が頷き、久兵衛がそれに続けた。

「浪人を成敗《せいばい》してくれた圭次郎様だ、みんなお礼がしたいんですよ、なんでも言ってくださいな」

「かたじけない」

圭次郎は『武鑑』を掲げ、思わず頭を下げる。

それを懐《ふところ》に抱えると、まっすぐに家へと戻った。


圭次郎は二階の窓際で、『武鑑』をめくっていた。身分の高い順から記してあり、はじまりは老中《ろうじゅう》だ。そして御側御用人《おそばごようにん》、奏者番《そうしゃばん》さらに若年寄《わかどしより》と続く。が、そのあたりは飛ばしていく。鴨志田が幕臣だとしても、それほど高位のはずはない。

それ以下を丹念《たんねん》に目で追う。ときどき、顔を上げ、目をしばたたかせた。

役人というのは、こんなに大勢いるものなのか……。ふう、と息を吐く。

気を取り直して、また、文字を目で追う。

しばらくして、圭次郎ははっと息を呑んだ。

徒目付《かちめつけ》、鴨志田定行《さだゆき》、百俵五人扶持《ひやっぴょうごにんぶち》……。

あった、と圭次郎は思わず立ち上がる。徒目付か、なるほど、と圭次郎はつぶやいた。

徒目付は幕臣を監査する目付の配下であり、その補佐に当たる。事務だけでなく、探索や隠密まで行い、御目見得《おめみえ》以下では、最高の役職とされている。

圭次郎は『武鑑』を手にしたまま、部屋の中を歩く。

おそらく、目付である河路格之進の配下に違いない。でなければ、いきなり訪ねてくるのは理に合わない。材木石奉行笠井と富士見屋作兵衛とのことを調べるために、町にいるわたしを使ったのだろう……。

さて、どうするか、と圭次郎は窓の前で立ち止まった。

一つの疑問は解けた。

次に、引っかかっていることがある。

奉行の笠井が、船宿の多度屋を離れるさい、〈斬るのは別の者だ〉とつぶやいたことだ。

別の者、とは誰か。自分のことを言っているのかもしれない、とも思っていた。

が、違うな、と圭次郎は独りごちた。

鴨志田を知っているのなら、その役目もわかっているはず。目付に調べられている、と察したはずだ。となれば……。

圭次郎は指を折った。次の七の日は十七日で、当分、間が空く。鴨志田の屋敷は『武鑑』でわかったから、その前に伝えに行く、という手もある。しかし、あちらは身分を秘したままなのだから、それはしないほうがいいだろう。少なくとも、まだ、はっきりとしたことはわからないのだし……。

圭次郎は座ると、息を整えた。

落ち着け、まず考えよう……。


腹の虫が鳴り、圭次郎は考え込んでいた顔を、上げた。

窓の外を見ると、西の空がうっすらと赤くなりはじめている。

夕飯でも食いに行くか、と立ち上がったところに、

「圭次郎、いるのか」

戸口から、人が覗き込んだ。池野七之助だ。

「おお、なんだ、謹慎《きんしん》は解けたのか」

駆け寄る圭次郎に、七之助は「ああ」と苦笑し、外を顎《あご》で示した。

「東吾に聞いたぞ、居酒屋に行ったそうだな。わたしも連れて行ってくれ」

「うむ、ちょうど出ようと思っていたところだ」

表へと出て、二人は歩き出した。

「いや、三日前に謹慎が解けてな……」

七之助は顔を上げ、腕を振りながら話す。謹慎が解けて、真っ先に東吾の所へ行ったという。

「で、そなたのことを聞いたのだ。家の場所も教えてもらったのだが、いや、迷ってうろうろしたぞ」

それでも笑顔だ。

居酒屋に落ち着くと、七之助は目を細めて店の中を見まわした。

「やあ、やっぱりいいな、町は。薄暗い奥座敷に閉じ込められていたから、にぎやかな町のことばかり思い出していた」

ぐい呑みを掲げてひと息で飲み干す七之助に、圭次郎は、

「そうか、出られてよかったな。ここは魚がうまいぞ」

壁の品書きを目で示す。側を通りかかった娘が足を止め、にこりと笑《え》んだ。

「はい、今日はあさりの酒蒸《さかむ》しがおすすめですよ。それと、鰆《さわら》の焼いたの」

「おう、じゃそれをもらおう」

「それと、白和《しらあ》えもだ」

七之助が目を細める。

圭次郎はその顔を覗き込んだ。

「大丈夫だったか。そなたの父上はうちよりも厳しいからな、心配していたのだ」

「いや、心配はこっちこそ、だ。そなたが勘当されたと聞いて、眠れなかったわ。なにしろ、わたしが刀を抜いたのが発端だったからな」

「ああ、あれはしかたない。それにあの浪人を成敗したことで、両国のみなに感謝されてるぞ」

「お、そうなのか、いや、少し安堵《あんど》した」

七之助は肩を落として酒を飲むと、圭次郎を見た。

「して、どうなのだ。腕貸しの木札を見たが、頼みに来る者はあるのか」

「ああ、ときどきな。引き受けかねる頼みもあるが、それはそれでなんとかやっている。人の暮らしがわかって、けっこう面白いぞ」

「ほう、そういうものか」七之助はぐい呑みを置いた。

「いや、実はな、わたしも町で暮らそうと思うのだ」

「町で……それはまた、どうした。そなたまで勘当になったわけではあるまい」

「ああ、うちは体面を重んじるから、むしろ、そんなことはしない。そうではなく、自分から屋敷を出ようと思っているのだ」

声を落として、七之助はいたずらをした子供のように笑う。

「謹慎中、することがないからいろいろと考えたのだ。わたしは刀を捨てたほうがいいのではないか、とな。そら、わたしは短気ですぐにかっとなるだろう。で、刀を抜いてしまい、騒ぎになる。なれば、刀を持たねばよい、と思ったのだ」

「ほう」と圭次郎は身を反らした。

「それは、理にかなった考えだが……」

「そうであろう。そもそもな、つくづくと考えたのだ。わたしはなにゆえに、こうも気が短いのか。いや気が短い、というより怒りっぽい、と言うべきか」

「ああ、それは確かに、そなたは子供の頃から喧嘩《けんか》っ早かったからな。道場でも学問所でも」

圭次郎はいろいろを思い出して、苦笑する。

「ああ」七之助は頭をかいた。

「それでずいぶん叱《しか》られたものだ。だがな、それは、己の腹の中にある怒りの玉のせいなのだ。それは子供の頃からうすうす気づいていたのだ」

「怒りの玉」

「うむ、怒り玉があるのだ。で、なにかあると、そいつが爆発する。しかし、なぜ、そんな物があるのか。そなたや東吾にはないものだからな。で、それを謹慎中に考えたというわけだ」

　娘が盆を掲げてやって来る。

「あさりと鰆、それと白和えです」

　丼鉢《どんぶりばち》と皿が置かれ、二人のあいだに湯気が立つ。

　七之助は湯気越しに圭次郎を見た。

「そなた、うちの父が厳しいのは知っているだろう、怒るとすぐに手を上げる」

「うむ」

　圭次郎は幼い頃、目の前で見たこともあった。

「父上は兄上もよく殴ったものだ。すると、兄上はわたしを殴る。理屈はつけていたが、なあに八つ当たりだ。だが、わたしは末なので、殴る相手がいない。で、我慢して腹にため込む、そうしてじょじょに怒り玉ができたのだ」

「なるほど、腑《ふ》に落ちるな」

「だろう。だから、この先は騒ぎを起こさないように刀を捨てる。その代わりに、筆を持つことにしたのだ」

「筆……筆でなにをする気だ」

「読本《よみほん》を書く」

七之助が胸を張る。

圭次郎は口を大きく開けながらも、「ああ」と頷いた。

「そうか、そなた、昔から読本が好きだったものな」

家では読めないからと、東吾の屋敷で『南総里見八犬伝《なんそうさとみはっけんでん》』に読みふけっていた姿を思い出す。

「ああ、曲亭馬琴《きょくていばきん》先生だって、士族の出だ。あれほどの大物にはなれないだろうが、食っていければ十分だ。いや、いざとなったら草双紙《くさぞうし》を書いたっていい」

面白おかしい草双紙のほうが、出まわっている数ははるかに多い。

「いい考えだろう」七之助は目を細める。

「でな、話のなかで悪者をやっつけるのだ。容赦《ようしゃ》なく、ばっさばっさと斬り倒す。父上や兄上のような男も出して、叩きのめす。そうすれば気がすんで、怒り玉もしぼむかもしれん」

「ほう、なるほどな」圭次郎はしみじみと友の顔を見た。

「よくぞ、そこまで考えたな。いや、いいと思うぞ」

「そうだろう」七之助は晴れ晴れと頷く。

「わたしは気持ちよく生きたいからな。怒り玉はもう捨てることにした」

七之助はあさりをつまむと、汁を吸い込んだ。

圭次郎は鰆を箸《はし》でほぐして、その身を口に運ぶ。やわらかな身が塩気とともに口中に広がる。酒を含むと、そこに甘みが加わった。

「そなたは」七之助が顔を上げた。

「どうするのだ、この先、腕貸し業でいくのか」

「ううむ、そうさな」鴨志田のことを話したいが、口外しない約束だ。

「当面、このままだ。そのうち、なにか考えつくかもしれん」

「ふむ、なにをどうしたい、という気持ちはないのか」

「なにをどう……」圭次郎は首をひねる。

「それを含めてこれからだな、まあ、急ぐことはない」

ぐい呑みを持ち上げて、それを宙で止めた。

「まあ、とりあえずは七之助の新たな決意を祝おう」

「おう、ありがたい、わたしは頑張るぞ」

七之助はぐい呑みを掲げて、笑顔になる。

互いに頷くと、勢いよく酒を流し込んだ。

三

富士見屋の前を二回、通り過ぎて、圭次郎は足を東へ向けた。

この数日、富士見屋を見張っているが、主の作兵衛は姿を見せないし、誰かがやって来る気配もない。

それなら、と、この日は着流しの浪人ふうの姿で家を出ていた。

石場に入ると、虎吉の姿を探す。大きな石を運ぶ虎吉はすぐに見つかった。

休みに入るのを待って、圭次郎は近寄ると、

「虎吉さん」

と、声をかける。

「おう、浪人さんか、ひさしぶりじゃねえか」

虎吉は手拭《てぬぐ》いで汗を拭きながら、日焼けした顔に白い歯を見せた。

「仕事しに来たのかい、けど、ここしばらく船は来ねえよ」

日陰に腰を下ろす虎吉に、

「そうですか」

と、圭次郎も横に座ると、懐から小さな包みを差し出した。

「これ、どうぞ」

お、と受け取った虎吉は、中を見て笑顔になった。

「饅頭《まんじゆう》か、いいのかい」

「ええ、仕事があったら、あとで食おうと買ったんですがね」

圭次郎はにこやかに、饅頭に食いつく虎吉に話しかける。

「船が来ないと、人の姿も少ないなあ、御奉行様も来ないんでしょうね」

「ああ、用がねえからな。熱心な笠井様もここんとこ見かけねえな」

「へえ、富士見屋さんもですか、前に作兵衛さんが来てましたよね」

「あっこは番頭さんが来てるよ。作兵衛さんは船が来たときだけさ」

そう答えながらも、なんでそんなことを、という顔で虎吉は見る。

「ああ、いや」圭次郎は繕《つくろ》った。

「作兵衛さんに会ったら、仕事はないか、訊《き》いてみようと思ったんで」

「ああ、用心棒の口かい。けど、あっこはもう若いもんが何人もいっからな」

「へえ、そうですか」

とぼけて驚く圭次郎に、虎吉は小声になる。

「けど、ひょっとしたらいけるかもしれねえな……竹蔵が腕を斬られたってえ話だから、もっと腕の立つのを探してるかもしんねえ。浪人さんなら、あっちも渡りに船で雇ってくれるかもしれねえぜ。訊いてみりゃあいい」

「お、そうですか……けど、店に行ってもいないと言われて、なかなか……」

「ああ、そんなら、明後日《あさって》、出かけるときにつかまえりゃあいい。十四日は石問屋の寄り合いで、鉄砲洲《てっぽうず》に行くのさ」

「寄り合い」

「ああ、一と四で石だろう、だから十四日に寄り合いを持つんだとよ。へっ、つまんねえ駄《だ》じゃれだねえ」

「へえ、それでは、道筋で待っていれば会えますね」

「おう、会えるだろうよ。毎回、うまい魚の昼飯を食うって話だから、四つ（十時）くらいに出て行くんじゃねえのかい」

「ああ、それじゃ行ってみよう、いや、いい話を教えてもらって」

「なあに、仕事を探す大変《てえへん》さは、ようくわかってっからよ、まあ、頑張んな。若いんだから、腹あ括《くく》ればなんだってできら」

虎吉は圭次郎の背中を叩くと、空を仰いで笑った。


十四日。

圭次郎は永代橋の橋詰めに立って、対岸の深川を見つめた。

橋詰めのやや広くなった道で、芸人らが音曲を披露《ひろう》したり、踊りを見せたりしている。圭次郎はその人混みに紛《まぎ》れて、橋を見つめていた。

深川から鉄砲洲に行くには、この橋を必ず渡る。

多くの人が行き交う橋を眺めながら、圭次郎は笠井の言葉を耳の奥で思い返していた。

〈斬るのは別の者だ〉

笠井は鴨志田が徒目付と知っているはずだ。なにしろ、幕臣にとっては何よりも恐るべき目付とその配下だ。そして、自分が探られていると察した。となれば、おそらく、口封じを考えるはずだ。不正を共にした相手を消し、己の身を守るた

ない。
いだろう……。そう考えを巡らせながら、圭次郎は辺りを窺う。清右衛門の姿は
石奉行であれば、寄り合いのことは知っているはずだから、この機を逃しはしな
刺客《しかく》の役目は、あの加納清右衛門が命じられるだろう。あとは狙う機だ。材木
めに……。

橋を見つめていた圭次郎は、はっとして足を踏み出した。
人混みのなかに、作兵衛の姿が見えた。手代と駒三がうしろに付いている。
橋を渡り終えた作兵衛のあとを、圭次郎はそっと付ける。
うしろを振り返るが、やはり清右衛門の姿は見えない。
そのまま町を縫い、海のほうへと進んで行く。
海辺の鉄砲洲に着くと、作兵衛は料理茶屋へと入って行った。
圭次郎は二階建ての料理茶屋の窓を見上げる。
海に面した窓からは、青い海原や佃島《つくだじま》などが見え、よい景色に違いない。と、
その顔を伏せた。
石問屋の主らしい二人が連れ立ってやって来る。そのあとから、もう二人、歩
いてくるのが見てとれた。

圭次郎はそっとその場を離れた。

昼の膳《ぜん》をとるのであれば、しばらく刻《とき》がかかるはずだ。まさか、寄り合いに斬り込むことはあるまい。そう考えたのだ。

九つ半（一時）に戻って来ると、圭次郎は近くの鉄砲洲稲荷《いなり》の境内《けいだい》に入り、木陰に身を潜めた。平安の頃に建てられた古社の境内は広く、そこから料理茶屋を出入りする人が見える。

八つ（二時）近く、料理茶屋を見つめていた圭次郎は、木陰から出た。

昼前に入っていった者らが、店からぞろぞろと出て来る。

来たときと同じように、談笑しながら二人ずつ連れだって歩き出す。

そうか、と圭次郎は腑に落ちた。新参者の作兵衛は、石問屋の主達からまだ仲間として受け入れられていないのかもしれない。ましてや、一人勝ちのように稼いでいるのだ。冷たくあしらわれてもおかしくはない。ために、真っ先に来たのだろう。そして……。

圭次郎が考えたとおり、作兵衛は最後に姿を現した。

控えの間にいたらしい駒三と手代も出て来る。

来た道を三人は歩き出し、圭次郎は間合いを取ってあとに付いた。

町並みが途切れ、行く手に永代橋が見えてきた。

圭次郎は辺りに目を配る。と、その目が留まった。

加納清右衛門の姿があった。隣に若い侍がいる。二人とも、芸人を見る人混みに紛れているが、目は道を見つめているのがわかった。

圭次郎は足を速めると、背後からそちらに近づいた。清右衛門はやって来た作兵衛を目で追っていて、こちらには気づいていない。

清右衛門が、若侍に目配せをした。

「行くぞ、森村《もりむら》」

「はい」

二人は人混みから出て来る。

圭次郎は作兵衛を目で追った。すでに橋を渡りはじめている。

森村と呼ばれた若侍は、清右衛門から離れて足を速めた。

圭次郎もそのあとに続く。

森村は橋を進み、作兵衛らのうしろに追いつく。と、さらに足を速めて、作兵衛の右横に進んだ。

勢いよく作兵衛を追い越し、身体をぶつける。

森村の二本差しが作兵衛にぶつかった。

「無礼者」

森村の声が上がる。

圭次郎は足を止めた。そうか、無礼打ちにする気か……白昼、大勢の目の前でやれば、むしろ怪しまれない……。

「あ、お許しを」

作兵衛が腰を折る。

「ならぬ」

森村が刀を抜いた。と、それを振り上げる。

その早さに、駒三は呆然《ぼうぜん》と立ち尽くしている。

刀が振り下ろされ、腕を上げた作兵衛はうしろに倒れ込む。

圭次郎が走った。

右手で、鞘《さや》ごと長刀を抜く。

作兵衛を狙う刀を、圭次郎は鞘で受け、弾いた。

森村の血走った目が、圭次郎を見る。

「邪魔をいたすなっ」

圭次郎は刀を抜き、鞘を捨てた。

「そうはいかぬ」

圭次郎が踏み込み、相手の手首を峰で打つ。

尻餅《しりもち》をついた作兵衛の前に、駒三がかばうようにして匕首《あいくち》を抜いて立った。

「こやつっ」

うしろから声が割って入った。

清右衛門が走って来る。

走りながら抜いた白刃《はくじん》が、圭次郎めがけて直進してくる。

ひらり、と圭次郎は刀をまわし、峰を表にして頭上に上げた。殺すわけにはいかない。

間近に来た清右衛門を横に躱《かわ》し、圭次郎は向きを変えた。上げた刀を清右衛門の肩に振り下ろす。が、清右衛門も身を躱し、峰は二の腕を打った。

二人の立ち合いに、作兵衛が、「あわわ……」と、目を剝《む》く。と、その目が清右衛門の姿に留まり、顔が大きく引きつった。

「ま、まさか……」

と、声を震わせる。

ふん、と清右衛門は小声で、

「そういうことだ、観念しろ」

そう吐き捨て、森村に目を向けた。

「やれっ」

という怒号に、森村が頷いて構え直す。

「そうはさせぬ」

圭次郎はその背後に走った。刀を斜めに振り上げ、森村の膝の裏を峰で打つ。

呻《うめ》き声とともに、森村の身体が崩れた。

周囲からざわめきが起きる。圭次郎はそれを見渡し、口を開いた。

「役人を呼べ」

遠巻きにしていた人々が頷く。

「へ、へい」

「もう、呼んでまさ……」

いつの間にかできていた人垣に、清右衛門はちっと舌打ちをして、圭次郎を見据えた。

「ふん、こうなれば、もろともだ」

刃が光り、横にまわされる。

腹を斬る気か……。圭次郎は腰を低くした。

清右衛門が突っ込んで来る。

ここだ……。その脛《すね》を斬りつける。

呻き声とともに、足が止まった。

周りがしんと静まる。が、それがすぐに破られた。

「どこだっ」

怒声と足音がやって来る。

圭次郎は傾いた清右衛門の背後にまわり、腕をひねり上げた。その勢いで、身体ごとその場に倒すと、森村を見た。

立ち上がろうとしていた森村に駆け寄り、膝に一撃を当てる。と、再び崩れ落ちた。

そこに、「どけどけっ」と大声が上がった。

人垣をかき分けて、十手《じって》を掲げた同心が駆け込んで来る。圭次郎は「あっ」と目を見開いた。

「末吉殿」

「ややっ、これは圭次郎殿か」

相手も目を丸くして、十手を宙で止める。続いてきた二人の下役が、進み出たのを見て、圭次郎は森村と清右衛門を指した。

「捕らえてください、狼藉者《ろうぜきもの》です」

「うむ、縄で縛れ」

末吉の命で、下役らがたちまちに二人を縛り上げる。

圭次郎は末吉に近寄ると、清右衛門を目で示し、小声で言った。

「この男、材木石奉行笠井様の家臣、加納清右衛門です。もう一人もおそらく家臣でしょう」

「なんと、奉行の」

末吉は驚きの顔で見下ろす。

「ああ、それと」圭次郎は尻餅をついたままの作兵衛も指した。

「石問屋富士見屋作兵衛、事の顚末《てんまつ》を聞くために是非《ぜひ》、お連れください」

「む、あいわかった。圭次郎殿、そなたも来てくれような」

「お呼びがあれば、いつでも参上します。ですが今は、行かねばならぬところがあるので、お許しください」

頭を下げる圭次郎に、末吉は「ふむ」と口を曲げたが、すぐにそれを開いて、「よし」と下役に声をかけた。

「皆を引っ立てい」

圭次郎はその脇をすり抜けて、町へと歩き出した。


武家屋敷が並ぶ道で、圭次郎は立ち止まった。

ここだな……。『武鑑』と切絵図で見た屋敷の場所に間違いないはずだ。

その冠木門《かぶきもん》の前で、圭次郎は佇む。

すでに下城の刻だ。

周囲の屋敷には、戻って来た武士が入って行く。周辺は御家人の屋敷が多く、どこも簡素な冠木門だ。

圭次郎は近づいて来る人影に、首を伸ばした。

供を従え先頭を歩く男の前に、圭次郎は進み出た。

「お待ちしておりました、鴨志田定行様」

鴨志田は息を呑み、続いて唾を呑んだ。

「そなた、なにゆえ……」

「わかりましたので、参りました。十七にはまだ日がありますし、急ぎ、お伝えしたいことが起きましたので」

鴨志田はむせながら、頷く。

「わ、わかった、では、中へ」

通された座敷で、圭次郎は背筋を伸ばした。

「実は、先日、多度屋で陰から窺っておりました。で、笠井様が言われたことが気になり……」

圭次郎は順を追って話す。

鴨志田の強ばっていた顔が、じょじょに神妙になっていった。

四

二日後。

「圭次郎殿、おられるか」

その声で、二階の窓から顔を出した。

戸口に立っているのは、着流しに黒羽織姿、同心の末吉だ。

あわてて下に降りた圭次郎は、

「よく、ここがわかりましたね」

と、招き入れる。

「矢場の久兵衛から聞いてきたのだ」

末吉はそう言って、座敷に上がり込んだ。圭次郎が差し出した水をひと息で飲むと、末吉は息を吐きながら、笑みを見せた。

「いやぁ、あの富士見屋作兵衛、あれから番屋に連れて行ったのだが、しゃべるしゃべる……こちらから問う前に、奉行の笠井とのことを洗いざらい白状しおったわ。まあ、なにかにつけてあちらを悪者にしていたから、鵜呑《うの》みにはできんが」

「へえ、先手を打ったというわけですね。殺されそうになったのも、腹立たしいでしょうし」

「ああ、顔を赤くして怒っておった。まあ、こうなれば吟味《ぎんみ》は楽だ。富士見屋の言ったことを奉行の笠井様に告げれば、今度はあちらがしゃべるのは必定《ひつじょう》。もっとも、奉行のほうも、富士見屋を悪者にするだろうがな」

「なるほど、なんとも見苦しい泥仕合《どろじあい》ですね」

「そうさな。だが、互いに暴《あば》き合いになるから、調べる手間も省ける。そうそうに真相は明らかになるはずだ。いやぁ、相手が奉行ゆえ、評定所《ひょうじょうしょ》の吟味になるのが残念だ。町奉行所でやってくれれば、その泥仕合、見られように」

　末吉は胡座《あぐら》を組んだまま、身体を揺らす。

「奉行の笠井様はどうなっているのですか」

「ああ、今朝、御目付様が呼び出したそうだ。今頃、富士見屋の言い分を聞かされ、言い訳をしていることであろうよ。だが、家臣も捕らえられているのだから、言い逃れはできまい。あの家臣らも、主の命を受けてのことと、あえなく白状したからな」

　ははは、と笑う末吉に、圭次郎も苦笑を誘われた。

「へえ、粘ると思いましたが、案外とあっけない」

「うむ、しかし、口封じを謀《はか》ったのは、なんとも軽はずみであったな。そうそう、それを防いだのは、圭次郎殿のお手柄。作兵衛が消されていたら、奉行の罪も問えずに終わったであろうよ」

　末吉はふと笑顔を収めて、顔を引き締めた。

「しかし、なにゆえ、圭次郎殿は富士見屋と奉行のことを、知っておられたのか」

あ、と圭次郎は口を結び、開いた。

「いや、それは言えぬのです」

きっぱりとした物言いに、末吉は目を丸くした。が、小さく頷き、

「さようか」

と、城の方角へと目をやった。

圭次郎は「あの」と、身を乗り出す。

「富士見屋と笠井様はどうなるのでしょう」

ふうむ、と末吉は腕を組む。

「富士見屋は問屋株のお取り上げ、江戸払いは間違いなし、下手《へた》をすれば遠島《えんとう》もありうる。それに、不正で稼いだのだから、それなりの過料《かりよう》を払わされるだろうな。笠井様のほうはお役御免は確実、小普請組《こぶしんぐみ》入りになろう。いや、刺客を差し向けた不届きを咎《とが》められ、他家にお預けになるかもしれん。どのみち、二度と出世の道には戻れまいな」

小普請組は役のない幕臣が属する地位だ。他家にお預けになれば、出かける自由も奪われ、謹慎生活となる。

「身から出た錆《さび》……」言ってから、圭次郎は苦笑した。

「いや、勘当の身で人のことは言えませんが」

む、と末吉が息を止めた。が、堪《こら》えきれずに吹き出す。

「や、すまん」

「いえ」と、圭次郎も声を放って笑い出した。


その翌日。

「圭次郎、いるか」

聞き覚えのあるその声に、圭次郎はあわてて戸口に走った。

「父上」

驚きの相手だった。

「上がるぞ」

征四郎はずかずかと上がると、そのまま二階へと昇っていく。

胡座をかいた父の前に、圭次郎は正座をする。

いったい、なぜ、ここに……。上目《うわめ》で窺う息子に、

「圭次郎」父が、重い声を放った。

「そなた、徒目付殿の屋敷に出向いたそうだな」

え、と圭次郎は息を呑む。

「なぜ、それを……」

鴨志田に、起きたことを話しはした。〈あいわかった〉と鴨志田は答え、それ以上の話はしていない。目付の河路に伝えるであろうことは推せられたが、それがなぜ父にまで伝わっているのか……。

圭次郎は父の顔を見つめた。

結んだ口はいつもと同じようにへの字をしており、濃い眉も常と変わらずに寄っている。はっとして、圭次郎は拳《こぶし》を握った。

もしや、父上は最初から知っていたのか……。圭次郎の頭の中が熱くなる。

父はそれを見抜いたように、咳《せき》を払った。

「こたびのことは、御目付、河路様のご意向だったのだ。そなたが辻番所において、頑《がん》として身分を明かさず、友の名も言わぬことに感心されたと仰《おお》せであった。そのように口が固く、意志の強い者を探しておられたらしい」

圭次郎はぐっと口を結ぶ。

父は顎を上げた。

「御目付様はそなたを使いたいと思われたのだ。そなた、御目付様のお役目はわかっているか」

「旗本や御家人の監察、です」

「そうだ、そのためには探索も行う。それを命じられ、動くのが徒目付だ。特に秘することの多い隠密役をする常御用《つねごよう》と呼ばれる徒目付もいるのだが、それは三、四人に限られている。普通の徒目付も隠密役をするし、黒鍬組《くろくわぐみ》の者や、御小人《おこびと》らも使役する。だが、よい働きをする者はそう多くはないそうだ。なので、御目付様が独自に人を使うこともある。特に、町にいる者であれば、動かすにも都合がよい」

　圭次郎は目だけを動かし、

「わかりました。で、わたしを使おう、と」

「そうだ。御目付様からお呼び出しを受けた折、その話を持ちかけられたのだ。仕事を持たぬ厄介《やっかい》が、お役目を与えられるのであればありがたきこと、進んでお引き受けしたというわけだ」

「なれば、言うてくだされば……」

「それは、御目付様のご意向だ。まずは使えるかどうか試したい、と仰せであったのでな、尤《もっと》もなこと、と同意したまでで」

くっ、と圭次郎は息を呑んだ。

父は面持ちを変えずに息子を見る。

「それゆえ、勘当もしたのだ。平石家の者でなくなれば、使いやすい。仮に失態を犯しても、無宿人《むしゆくにん》であれば、家人が咎めを受けて連座することはないゆえ、ぞんぶんに働くこともできよう。そう申し上げたところ、御目付様もその志あっぱれと、お褒《ほ》めくだった」

父が胸を張る。

圭次郎は腹の底まで熱くなるのを感じていた。父を見る目が吊り上がっていくのを抑えられない。

それを見て、父はなだめるように、やや面持ちを変えた。

「よい話であろう。御目付様の手足となるのは、名誉なこと。厄介のまま過ごすよりはよほどよい。そなたのためを思うてのことだ」

圭次郎は息を吸い、

「そう、ですか」

と、掠《かす》れた声で答える。

父はまた咳を払うと、胸を張った。

「御目付様はこたびのそなたの働き、見込み以上であったとお褒めであった。わたしも意外であったが、これならば務めが果たせよう。ただ、勝手に徒目付殿の所に乗り込むなど、差し出がましいことをしてはいかん。命じられたことだけを忠実にこなすのだ。わかったか」

圭次郎は答えない。

「どうだ、できるな」

父は念を押すように、首を伸ばした。

「考えます」

目を逸《そ》らした息子に、父の顔が変わる。

「今さら、なにを言うか。この家も御目付様が借りている家、もうあとには引けんのだ」

な……そういうことだったのか、と圭次郎は拳を握った。喉元に引っかかっていたいくつかのことが、腑に落ちていく。父は自分の身を案じて、身のまわりの物を持たせてくれたわけではない。短刀をくれたのも、同じだろう。役目を果たすための助けとして、してくれたことだったのだ……。そう考えれば納得がいく。

父はふっと息を洩らした。

「まあ、急に言われたことゆえ、そなたも驚いたのだろう。よく考えるがよい」

そう言って父が立ち上がる。

圭次郎は顔を上げない。

「よいな、しかと考えるのだぞ」

言い残して、父は階段を下りて行った。

足音を聞きながら、圭次郎は握った拳に汗がにじむのを感じていた。


ああ、むしゃくしゃする……。圭次郎は腹の底でつぶやきながら、町を早足で歩いていた。目の前に浮かぶ父の顔を、なかなか消すことができない。素振《すぶ》りでもしたいところだったが、狭い家の中や裏道ではとても無理だった。が、苛立《いらだ》つときには、身体を動かさずにいられない。圭次郎は地面を蹴るように、町から町を歩いた。

家のある所から神田に至るまで、町は広く続いている。

縦横に伸びる道には、仕事から戻って来たらしい男達が行き交う。

「あれ」と、すれ違った男が声を上げた。

「あれま、ひらりの先生じゃねえですかい」

踵《きびす》を返した男が、前にまわり込んで来た。

「あ、鍛冶屋《かじや》の……」圭次郎は立ち止まる。

「松吉さん、熊公を殴れと言ってきた……」

「いやぁ、あんときは」へへへと、湯屋帰りらしくつやつやした顔で笑う。

「けど、ここで会うとは、ちょうどよかった。お礼に行こうと思ってたんでさ」

「お礼……いや、礼など無用だが、ということは、事がうまく進んだということですか」

「へい」松吉は顎で誘って歩き出す。

「こっちこっち、来ておくんなさい」

うむ、と横に並んだ圭次郎に、松吉は満面の笑顔を向ける。

「あれから、すぐにあっちこっちの鍛冶場に行ったんでさ。そしたら、ちょうど人を探してたってとこがあって、雇ってもらえたんで」

「ほう、それはよかった」

「へえ、だから前の鍛冶屋はすぐに辞めてやったんだ。てやんでえ、こんなとこ、いられるかって言ってね。いやぁ、スカッとしたのなんの」

松吉は手にした手拭いを振り上げる。

「そら、ここが新しく入った鍛冶屋でさ」

二階建ての大きな造りだ。

「ちょいと待っておくんなさいよ」

松吉は中に入ると、すぐに戻って来て、握った手を差し出した。

「お礼にこれを持って行こうと思ってたんで。さ、どうぞ」

圭次郎は二本の棒を受け取り、ああ、と頷いた。

「火箸《ひばし》か、これはいい」

「へへ、冬になりゃいるもんだからね。そいつはおいらが作ってちゃんと銭も払ったから、でえじょうぶ。太め長めに作ったんだ、使ってやってくだせえ」

「うむ、重い」手で握りながら、圭次郎は笑顔になった。

「これはありがたい、遠慮なく頂戴《ちょうだい》する」

えへへ、と松吉は鼻の下をこする。

「ここの親方は面倒見のいい人でね、おいら達職人にもなにかと気ぃ配ってくれるんだ。中食《ちゅうじき》まで出してくれてね」

「ほう、それはよい親方だ」

「へえ、おまけにね」松吉が小声になる。

「中食を作るのに飯炊《めした》き女まで雇ってるんでさ。それが若い後家さんでね、おきくちゃんってえんだが、房州の海辺で生まれたってわりには日焼けしてなくて色白で、こう、ほっぺたが丸くて、ややこの人形みてえで……」

身をよじる松吉に、圭次郎は顔が弛《ゆる》む。

「ほほう、それは楽しみが増えましたね」

「へい、そうなんでさ。おまけにそのおきくちゃん、あっしにだけ飯の盛りをよくしてくれんでさ、中に梅干しなんぞも入れてくれちゃって……」

松吉はさらに身をくねらせる。

「ははぁ、それは憎からず思っている、ということでしょうね」

笑いを含んだ圭次郎の言葉に、いやぁ、と松吉は手を振る。

「なんでも、聞いたところ、あっしはおきくちゃんの死んだお父っつぁんに似てるんだそうで。いや、困っちまうな、まったく……」

踊り出しそうな松吉に、圭次郎は堪えていた笑いを吹き出した。

「や、それはいいことだ。仕事場を変えた甲斐《かい》がありましたね」

「へい」松吉が身体をまっすぐに戻した。

「それも、ひらりの先生のおかげでさ」

「いや、先生はやめてください」

「いんや、いいことを教えてくれるお人は先生だ。あんとき、いらねえ物は捨てろって教わらなかったら、あっしはいまでもつまらねえ我慢をして、腹ぁむかむかさせながら仕事をしてたに違《ちげ》えねえんだ。こっちに来たら毎日、気持ちよく仕事ができてよ、ありがてえと思って、その火箸を作ったんでさ」

圭次郎は改めて火箸の重さを手で確かめ、松吉を見た。

「いや、わたしもうれしいし気持ちがいい。ここで会えてよかった」

へへへ、と松吉は笑顔を戻す。

「なんかほしいもんがあったら、言ってくだせえよ」

うむ、と圭次郎も笑顔で頷くと、「では」と踵を返した。

少し歩くと、背中に声が聞こえてきた。

「ふたぁつぅ、まくぅらぁにぃ、とくらあ……」

振り向くと、松吉が鼻歌を歌いながら、踊るように去って行く。

圭次郎はその姿に小さく吹き出し、その笑顔のまま歩き出した。

五

「圭次郎、いますか」

女の声が響き、返事を待たずに入って来る。

「伯母上《おばうえ》」

走り出た甥《おい》に、紫乃はにこりと微笑む。と、うしろに付いていた佐助に向いて、手を差し出す。

「これで、一刻《いっとき》ほど遊んでいらっしゃい」

「へい」と佐助は包みを座敷に置いて、外へと飛び出す。

「また、お重よ」紫乃は上がりながら、包みを差し出した。

「今日来たことは、征四郎には内緒にね」

紫乃は小声になり、階段を見た。両隣から、とんかんという響きや子供の声が聞こえてくる。

「二階に行きましょう」

上がる伯母に圭次郎も従う。

窓から入る風を受けて、紫乃は目を細めた。が、すぐに真顔になる。

「この家は御目付様が借りているそうね」

「え」圭次郎は膝行《しっこう》して寄る。

「父上からお聞きになったのですか」

「ええ、一昨日《おととい》、急に出かけて戻って来たら、これまで以上にそわそわとして、圭次郎の所に行く、と言い出したので、問い詰めたのです。なにを隠しているのか、と。したら、白状しましたよ、御目付の河路様のことを」

「そうでしたか。わたしも聞いて驚きました。まさか、父上が端《はな》から知っておられたとは」

「ねえ、わたくしも聞いてあきれました。そなたの意志を確かめもせず、勝手に承諾するなど、そんな、息子を売り渡すようなまねをするなんて」

「はい、わたしもなんとも言いがたい思いです。勘当して差し出した、と聞いて、まるで捨てられたような気がしました」

「勘当して……御目付様のために……征四郎はそう言ったのですか」

「はい、その志が褒められたと」

まあ、と紫乃は身を仰《の》け反《ぞ》らせた。

「そんなのは嘘。あの子は最初から勘当する気でいたのですよ、そなたが捕らえられたと聞いて」

「え……そう、なのですか」

「そうよ、厄介め、勘当だ、と大声でわめきましたからね」

紫乃は「ほう」とため息を吐く。

「それをお為《ため》ごかしのよい話に作り替えたのね。真に受けてはいけませんよ」

圭次郎はあっけにとられて口を開ける。紫乃の前では、繕う必要もない。

「いや、そう聞けば、むしろ納得がいきます。父上らしい」

「そうでしょう、あの子はそういう子です。御目付様に呼び出されて、すぐに考えついたはずよ、出世のよい機になると。そなた、目付の役がどのように決められるか、聞いたことはあるかしら」

「いいえ」

「そうでしょうね。新しく目付を選ぶときには、現に目付に就《つ》いている者の推薦《すいせん》が大事なの。決まりではないけれど、そういう倣《なら》いになっているのよ」

「そうなのですか」

「ええ、ですから、目付と知己《ちき》である者が有利。なれど、目付は役目柄、幕臣との付き合いは控えねばならないの。親しくなれば不届きに目をつぶったりしかねませんからね」

「ああ、はい、親戚との付き合いさえ控える、と聞いたことはあります」

「そう、ですから、御目付と知り合いになるのは、好機なのよ、特に出世を望む者にとってはね」

ああ、と圭次郎は頷く。目付は旗本にとって、大いなる名誉の役だ。

「父上らしいお考えだ」

「ええ、いかにも、ね」

「しかし」圭次郎は小首を傾《かし》げた。

「伯母上、役人のことにおくわしいですね」

「まあ、だてに大奥務めをしていたわけではありませんよ。大奥は城表《しろおもて》とつながっていますからね、お役人のいろいろな事情は伝わってくるの。ときには裏の裏の話まで入って来ますよ」

「そうなのですか……ああ、なれば、もっと早くにお聞きすればよかった」

「そうね、こっそりと屋敷に来ればよいのよ」

はあ、と圭次郎は肩を落とす。

「なれど、屋敷で父上や兄上と顔を合わせるわけにはいきませんし」

顔を合わせたくない、というのが本心だ。それを見抜いたように、紫乃は頷いた。

「そうね、そなたは、昔から征一郎らとは気が合わないようでしたものね。上の二人は父親に似て、威張りたがりの負けず嫌い。それゆえに征四郎の示す出世への道を素直に歩んでいるのでしょう」

長兄と次兄の顔が浮かんだ。よく喧嘩をしたのも思い出す。

「ああ、いえ、わたしも負けず嫌いではあるのですが……父上や兄上のお考えは、どうもわかりません」

首を振る圭次郎に、紫乃はふっと息を吐いた。

「まあ、征四郎が特に欲が深い、というつもりはありませんよ。我が平石家は、御目付になる家格を備えてますからね。そうなれば、上を望むのは当然のこと。殿御《とのご》にとっては勝ち負けが大事ですしね、大奥もそういうところでしたから、わたくしにもわかります」

紫乃は目を遠くに向ける。

「それに、父上が出世しなかったことで、征四郎は子供の頃に悔《くや》しい思いをしたのでしょうね。武家の子供は父の身分で相手を見下したりしますからね、それは察しがつきます。いつか見返してやろう、と思いつつ育ったのでしょう」

圭次郎は、穏やかで出世とは無縁だった祖父を思い出す。

「わたしは御爺様《おじじさま》が好きでしたが」

そう、と紫乃が目を細める。

「わたくしもおやさしい父上が好きでした。そう、そなたは祖父似ということね。幼い頃に、とんぼを捕まえてきたときにそう思いましたよ」

「とんぼ……」

「ええ、そなたは覚えていないかもしれないけれど、兄弟三人で捕まえてきたのよ。征一郎は糸につないで遊んでいたし、求馬は羽をちぎってばらばらにしていたわ。そなただけが、庭にそっと放したの。わたくしはそれを見て、ああ、この子は征四郎よりも父上に似ている、と思ったのよ」

「そんなことが……」

圭次郎は思い出せない。

紫乃は微笑んだ。

「まあ、よい。それ以来、わたくしはそなたの味方になったの。安心なさい」

「はい、いつも心強く思っています」

圭次郎は頷く。父や母よりも、打ち解け頼りにしてきたのは確かだ。

「ですから」紫乃は背筋を伸ばした。

「そなたに言うておきたかったの。父に気兼ねすることはありません。こたびのこと、御目付様に阿《おもね》ったのは、征四郎の出世欲のため。そなたの意に添わないのであれば、きっぱりと断ってよいのよ」

毅然《きぜん》と見据える紫乃の目を、圭次郎は見返す。が、言葉が出てこない。

「じっくりとお考えなさい」紫乃は穏やかに言い、すぐに首を振った。

「いえ、考えずともよい。やりたいかやりたくないか、気持ちの向くままにお決めなさい。考えれば義理や忖度《そんたく》で道を誤りやすくなるもの。心地よいかどうか、その気分こそが最善の道を示してくれるものです」

「はい」

気分、と口中で繰り返し、
と、圭次郎は頷いた。

紫乃はにっこりと笑《え》んだ。

とんかんという音を聞きながら、圭次郎は左隣の家を覗き込んだ。

銀次が銅板を叩いている。

「あのう」圭次郎が声をかけると、手を止め、顔を上げた。

「おう、なんでい、なんか用かい」

はい、と圭次郎は土間へと入って行く。

「前にうちに住んでいた友井左衛門というお人のことなんですが、どのくらい暮らしてたんですか」

「ああ、そうさな、三年くれえかな」

「いんや」奥から金次が出て来る。

「三年と八ヶ月くらいさ」

「そうだっけか」

「そうさ、そら、来たのがお盆過ぎでよ……」

話しつつ、金次は圭次郎に向いた。

「けど、それがどうかしたのかい」

「ああ、いえ、その間、侍が訪ねて来たりしましたか」

「ああ、来たよ」銀次が頷く。

「何回か、見たことあんな。どういうお人かなんざ、聞かなかったけどよ」

「おう、あとは女だな」

金次の言葉に、圭次郎は、「女」と声を上げた。

「そうさ、夜鷹《よたか》みえてな女を二階に引っ張り込んでたな」

「夜鷹」

驚く圭次郎に、兄弟は含み笑いを見せる。

「ああ、女を買う金なんざ、よくあるなと思ったさ」

「そうそう、煮売りの払いはためこんでたくせによ」

肩をすくめて、兄弟は頷き合う。圭次郎は、その二人に、

「そうでしたか、いや、お邪魔をしました」

と、会釈《えしやく》をして、土間を出た。

戻った家の前に立って、圭次郎は二階を見上げる。

女とは意外だったな……。そうつぶやいていると、背後から、

「圭次郎様」

と、声が近づいて来た。

どきりとして振り向く、そこにいたのは涼音だった。

「や、これは」

かしこまる圭次郎に、涼音は深々と頭を下げる。

「あの、これまでの失礼の数々、お許しください」

「いや、よいのです。顔をお上げください」

涼音がゆっくりと圭次郎を見上げる。

「わたくし、浅はかであったと恥じ入りました。己の推察だけでお人柄を判じるなど、愚かなこと。父や一之介にまで、叱られました」

柳の葉のような眉を歪める涼音に、圭次郎は「いや」と笑いを見せる。

「厄介と呼ばれ、仕事もせずに、ふらふらとしていたのは真《まこと》のこと、それほど外れてはいません」

いえ、と涼音が首を振る。

「父がたまたま、両国で評判を聞いたそうです。悪く言うお人は一人もいなかった。それどころか、礼を言っていたと……騒動の折も、突き飛ばされた老婆を助けていて、捕まってしまったそうですね」

ああ、と圭次郎は思い起こす。そういえばそうだったか……。

涼音は顔を伏せる。

「御無礼、お詫《わ》びいたします」

「いや、本当によいのです。これで終わりにしましょう」

「は……」涼音の顔が強ばる。

「わかりました。もう、お声をかけることはいたしません」

「ああ、そうではなく」圭次郎は手を振る。

「今後は気にせずに、お付き合いいただきたい、ということです」

あ、と涼音の面持ちが和《やわ》らぐ。圭次郎はにこりと笑んだ。

「わたしは弟がいないので、一之介殿と仲良くしたいと思っているのです」

涼音が頷く。

「父ともお付き合いいただければ、うれしゅうございます。父は圭次郎殿はよいお人だ、と申しておりますので」

「お、それはありがたい。わたしもお父上には、勝手に親しみを感じておりますので。あのようなお父上を持たれるとは、うらやましい」

「そうでしょうか」

涼音に、やっと微笑みが浮かんだ。

「そうですよ、我が父とは大違いだ」

圭次郎は二階を仰ぎ見た。そこで交わした父の言葉が思い出される。

「二階があるのは、よいですね」涼音も上を見た。

「日当たりも風通しもよさそうで」

「ええ、いいです。そうだ、ご覧になりますか」

圭次郎が微笑むと、涼音の顔が変わった。

「いえ、わたくし、そのようなつもりで申したわけではありません」

そう言って、うしろに退く。

え、と圭次郎は息を止め、やっ、とあわてて手を振った。

「いや、わたしもなにかのつもりがあって言ったわけではありません」

あ、と涼音の顔がたちまちに赤くなった。

「すみません、失礼します」

背を向けた涼音に、圭次郎が声を飛ばす。

「今度、一之介殿と遊びに来てください」

涼音は小さく振り向いて頷き、家へと走り込んで行った。

六

戸口に立つ人の気配に、圭次郎は「誰だ」とつぶやきながら、土間に降りた。

「お、圭次郎殿、おられたか」

鴨志田が、入って来る。

「ああ、これは、どうぞ中へ」

招き入れようとする圭次郎に、鴨志田は土間で立ち止まり首を振った。

「お父上から、御目付様の話は聞かれたな」

「はい」

「なればよい。今日は、ご同行願うためにやって来た。出られるか」

「あ、はい」

どこへ、という問いを呑み込んで、圭次郎は身支度《みじたく》を調《ととの》えて外へと出た。

歩き出す鴨志田に、付き従う。

町を抜け、両国の広小路に入ると、圭次郎は顔を伏せた。それでも、

「おや、ひらりの若さん」

と、声がかかる。

「圭次郎様、あとで寄ってくださいな」

水茶屋の娘も高い声を投げて寄越す。

圭次郎が決まり悪げにうつむくと、鴨志田はぼそりと言った。

「町人からは有益な話が聞ける。日頃から親しくしているのはよいことだ」

両国橋を渡り、本所に入る。

「一つ、言うておくことがある」人が減った道で、鴨志田は圭次郎に目を向けた。

「そなたが暮らしている家には、以前、浪人が住んでいた」

「はい、友井左衛門、という人ですね」

圭次郎の返事に、鴨志田はふっと口元を弛める。

「さすがだな、どこまで知っている」

「いえ、三年と八ヶ月暮らして、突然、姿を消したということしか知りません。その方も、御目付様に探索役として雇われていた、ということでしょうか」

「察しがよいのはよいことだ。そうだ、浪人であったのを、人づてに引き合わされ、雇われたのだ。腕は立ったのでな。だが、ちと放埒《ほうらつ》なところがあった」

「女を引き入れていたと……」

「ふむ、それも聞いたか。そうだ、女は隙を生む。日頃から隙を作りやすい者は、気構えが甘くなる。それは、いざというときに致命傷となるのだ」

圭次郎はそっと唾を呑んだ。

「友井左衛門は、失態を犯し、そのために姿を消した、ということでしょうか」

「さよう。ある探索の途中で、海に浮かんだ」

「海に……」

驚く圭次郎をよそに、鴨志田は真顔のまま、前を見続ける。

「そうだ。探られていることを見抜かれ、おそらく斬られて川に落ちた、あるいは投げ捨てられたのだろう。そこから海へと流れ込んだに違いない。漁師の舟に、引き上げられたのだ」

圭次郎は今度は音を立てて、唾を呑み込んだ。

鴨志田が横目でちらりと圭次郎を見る。

「遺骸は身元不明のまま葬《ほうむ》られた。我らが引き取ることはない」

「そう、ですか」

「このこと、伝えておけと御目付様に言われたので話したのだ。それを踏まえて、考えるがよい」

圭次郎は黙って頷く。と、鴨志田を見た。

「一つ、腑に落ちなかったのですが、御目付様には鴨志田様のような御徒目付や、その命を受ける方々がいるのですよね。なにゆえに、外の者を使われるのですか」

ふむ、と鴨志田が声を抑える。

「これはここだけの話、そう心得よ。御目付様は十人が定数だが、十人はそれぞれに仕事を上から評価される。となれば、御目付様同士の競い合いが生まれる。よい仕事をするには、よい探索役が必要、ということだ」

なるほど、圭次郎はつぶやく。

その目に、辻番所が映った。浪人との騒動のさい、捕らわれた場所だ。

そこを通り過ぎて、しばらく行った門の前で鴨志田は止まった。

「河路様のお屋敷だ」

平石家よりも、少し、大きい。

「さ、中へ」

脇戸が開かれ、二人はそれをくぐった。

「久しぶりだな、圭次郎殿」

河路格之進は、圭次郎の顔をまじまじと見た。

「見込んだ以上の働きをしたので、正直、驚いた。そなたの書いた書状も、評定所の吟味で使っているが、要《かなめ》を押さえていて評判がよい」

河路は鴨志田に目配せする。

鴨志田は懐から白い包みを出して、圭次郎の前に置いた。

「約束の報酬だ、褒美《ほうび》も上乗せしておいた」

河路の言葉に、圭次郎は頷く。

「はっ、恐れ入ります」

面持ちを変えない圭次郎に、河路は小さく眉を寄せた。

「お父上とこの鴨志田から、話は聞いているな」

「はい」

「して、いかがであった、こたびの仕事は」

圭次郎はこれまでを思い起こした。いやだと思ったことはない。熊公を殴ってくれという頼みは引き受けられなかったが、この探索には、正直、身が入った。

「やりがいがありました」

「ほう、そうか」河路の顔が和らぐ。

「では、どうか、わたしの探索役として働いてくれぬか。なに、調べが必要となったときだけでよい。あとは好きにしてかまわぬのだ」

圭次郎はじっと河路を見る。

河路もその目を見つめ返した。

鴨志田はその二人を交互に見る。

すっ、と圭次郎は息を吸い込んだ。

「お引き受けします」

圭次郎は背筋を伸ばす。もう、誰にも、厄介などと呼ばせない……。腹の底で、そう己に言った。

「そうか」河路が膝を打つ。

「いや、よかった、のう鴨志田」

「はっ」

鴨志田もほっとしたようすで、圭次郎を見た。

圭次郎は拳を握り、腹に力を込めた。

胸を張り、腕を振って、圭次郎は家への帰路についた。

空の青を見上げ、息を吸い込んで歩く。

あとは野となれ、山となれ、だ……。

家の前に着くと、ちらりと向かいを見た。と、あわてて目を逸らす。涼音が出て来たのだ。

「圭次郎様、よかった。お待ちしていたのです」

「え……」

圭次郎は赤らみそうになる顔を横に向けた。

涼音は家を振り向いて、

「お戻りですよ」

と、声をかける。中から見知らぬ町人の女が出て来た。

ぺこりと礼をする女を指して、涼音が言う。

「このお方、頼み事があるそうです。こちらに立っていたので、うちでお待ちいただいたのです」

「あ、ああ……そうでしたか」圭次郎は顔を引き締めて、礼を言う。

「かたじけないことでした」

「いえ、では、これで」

戻って行く涼音を、圭次郎は目で追った。が、それを女に戻す。

女はかしこまって、圭次郎を見上げる。

「代書をお願いします、国のおっ母さんに手紙を出したいんで」

「手紙、ですか。では、どうぞ」

圭次郎は戸を開けて、招き入れる。

「あたし、きくっていいます、国は房州なんです」

入りながら、おきくは肩をすくめる。

「二年前、亭主に死なれて後家になっちまったんだけど、また縁ができて、もらってくれるっていうもんで……」

恥ずかしそうに笑うおきくを、座敷へと上げる。

「なるほど、再縁して夫婦《めおと》になる、と。それをお母さんに知らせるんですね」

圭次郎は笑顔になって、文机《ふづくえ》に座る。

「はい」

肩をすくめて、人形のような丸い頰を赤らめるおきくに、圭次郎は目を細めた。

「それはよい話だ」

おきくさん、か、どこかで聞いた名だな……。

圭次郎は笑みのまま、墨を擦《す》りはじめた。

コスミック・時代文庫

ひらり圭次郎《けいじろう》 腕貸《うでか》し稼業《かぎょう》
隠し目付

【著 者】
氷月《ひづき》 葵《あおい》

【発行者】
杉原葉子

【発 行】
株式会社コスミック出版
〒154-0002 東京都世田谷区下馬 6-15-4
代表 TEL.03(5432)7081
営業 TEL.03(5432)7084
FAX.03(5432)7088
編集 TEL.03(5432)7086
FAX.03(5432)7090

【ホームページ】
http://www.cosmicpub.com/

【振替口座】
00110-8-611382

【印刷／製本】
中央精版印刷株式会社

乱丁・落丁本は、小社へ直接お送り下さい。郵送料小社負担にてお取り替え致します。定価はカバーに表示してあります。

ISBN978-4-7747-6136-7 C0193